刘成信/主编

中国杂文

ZHONGGUO ZAWEN

（百部）卷五

谢 云 集

XIEYUN JI

吉林出版集团股份有限公司

全国百佳图书出版单位

图书在版编目（CIP）数据

中国杂文百部．当代部分．第 5 卷．谢云集／刘成信主编；谢云著．-- 长春：吉林出版集团股份有限公司 , 2013.5
　　ISBN 978-7-5534-1628-1

　　Ⅰ．①中… Ⅱ．①刘… ②谢… Ⅲ．①杂文集—中国—当代 Ⅳ．① I26

中国版本图书馆 CIP 数据核字 (2013) 第 065511 号

谢云集
XIEYUN JI

出 版 人	吴文阁
作 者	谢 云
主 编	刘成信
责任编辑	金方建
封面设计	梁文强
开 本	650 mm × 950 mm　1/16
字 数	80 千字
印 张	12
版 次	2013 年 5 月第 1 版
印 次	2020 年 5 月第 1 版第 3 次印刷
出 版	吉林出版集团股份有限公司
发 行	吉林音像出版社有限责任公司
	吉林北方卡通漫画有限责任公司
地 址	长春市泰来街1825号　邮 编：130062
电 话	总编办：0431-86012893　发行科：0431-86012770
印 刷	三河市华晨印务有限公司

ISBN 978-7-5534-1628-1-02　　　　定 价：28.50 元

《中国杂文》(百部)
总　序

刘成信

一

　　人类的文学艺术,源远流长,丰富多彩。随着社会的推进、发展,其分门别类日益精细——从最初的歌曲、舞蹈、神话、故事等逐步演绎出诗、散文、小说、戏曲。直到二十世纪初,科学技术与文学艺术融合,又有了电影、电视剧等。

　　有一种文学艺术虽然在中国问世两千余年,由于后人未给予"名分",以致到二十世纪初,才从文学艺术谱系中分野出来,这就是古老而年轻的杂文。

　　人类和自然界大体都遵循适者生存的法则萌芽、生长与消弭。两千多年来,杂文本应与小说、诗、散文、戏剧、音乐、电影等姊妹艺术一道,繁花似锦、根深叶茂。然而,它没有像先贤们渴望的那样,而是纤弱的,时生时灭,时有时无,同其他汗牛充栋的文学艺术作品相去甚远。

二

　　时序到 1915 年,中华文学艺术宝库迎来新曙光,一个精灵出现了——杂文在多灾多难的中华大地,被一些先知先觉的知识分子接受了!

杂文这个新成员一侯来到华夏，其特性便与众不同——首先是符合社会发展规律，它主张顺应历史潮流。它不重复生活，不还原历史，不演绎过去，而最突出的展示将来，预期社会走势，判断人间是非。

杂文一侯来到华夏，便告之，它向往和平、民主、科学、自由、平等、人道、富裕及真善美；杂文憎恶专制、昏聩、愚昧、野蛮、特权、贪婪、奴性、虚伪及假恶丑。杂文与其他文学艺术既相通又有自己的特性。

杂文一侯来到华夏，就融于文学大家族，与各种文学艺术形成天然的血肉联系。它不像小说那样刻画人物，而是粗线条勾勒人与事；它不像诗、散文等那样纤细、抒情，而是明白如话，开诚布公。但杂文能够调动各种姊妹艺术如寓言、故事、说唱、戏曲、元杂剧等"为我所用"。

杂文一侯来到华夏，它就友好地"拿来"社会科学乃至自然科学的多种文化元素。它不是政治学，但只有不迷失政治选择，才能解析身边社会的变数；杂文不是社会学，但只有掌握瞬息万变的时代脉搏，才能适应人间丛林法则；杂文不是历史学，但人总应拨开历史雾障，略知历史长河的走向；杂文不是生理学不是心理学，但它能解剖人性、解读人生，理顺人际关系；杂文不是方法论，但它无处不闪烁着思想方法的光芒；杂文不是文艺学，但它评价文艺现象既深刻又形象；杂文不是美学，但每篇优秀杂文无不抨击假恶丑，无不向往美、赞扬美……

理解杂文、认识杂文,才能与杂文为友,才懂得杂文的大爱。杂文真的是半部百科全书。

三

杂文打捞历史风尘,知耻近乎勇。杂文对于文化批判,社会批判,历史批判,人性批判,世世代代惹来不知多少是非。

嫉妒杂文、讨厌杂文者,甚至欲将杂文从百花园中斩草除根,所以,杂文往往难以长成大树,多少代都不能像其他文学艺术那般枝繁叶茂。有人说杂文偏激,有人说杂文片面,有人说杂文招惹是非,更有人对杂文产生各种各样的误解。以至于把杂文称为乌鸦,恨不得把一切不祥之物都推到杂文身上。

杂文,曾为作者"惹"下多少祸根,有人曾因杂文葬送自己的大好前途,多少代杂文人曾为自己带来难以洗清的污秽。

然而,实践证明,杂文确能为民众造福,世世代代多少志士仁人,曾为杂文洗刷了一切不实之词,它为人们启蒙,越来越受人们欢迎。

四

本书作者共计三百八十位,分当代、现代、历代。

我们试图把1915年《新青年》"随想录"诞生前的杂文划为历代,1915年到1949年划为现代,从1949年到当今划为当代。

1915 年"随想录"之前称之为杂文，主要是根据作品性质、特点，而不是按刘勰在《文心雕龙》所谈的"杂文"。

当代作家选五十位，每人一部杂文，五十篇左右。另有合集十部，每部二十几位作家，共二百多位作家，四百多篇作品；现代作家二十位，每位五十篇杂文，七万多字，另有四十多位杂文作家，十部合集；最后选七十多位历代杂文作家，均为合集，每篇作品都有注解、题解、古文今译。

当代五十位杂文作家大体是根据五点遴选的。

一、杂文创作时间超过二十年；二、曾创作有影响的杂文作品在三十篇以上；三、曾创作经典性杂文作品；四、作品强调思想倾向的同时，艺术性也不为之忽视；五、曾在国内组织带领作家创作杂文卓有成就者。

二十多年来，我曾在助手们协助下选编各种版本杂文集五十余部，选编如此大型杂文丛书，对我是一种尝试，深知其难度。这部《中国杂文》(百部)整整花费我四年时间。杂文作品浩如烟海，读数百册杂文集、数百万篇杂文作品，难免挂一漏万，特别是这部大型丛书在国内尚无参照系，错讹在所难免，恭请诸位指正。

选编者 2012 年 11 月 10 日

于长春杂文选刊杂志社

自　序

谢　云

　　本文原为《五味集》的自序，现在读来，觉得所言尚不无道理，所以借来作为本集的代序。

　　收在这本集子里的，主要是 1986 和 1987 两年间所写的短文的一部分，大致按发表时间先后排列。另有几篇，是前几年所写，但未收入《当代杂文选粹》"谢云之卷"，现在看看，似乎还有点意思，便也收了进来，排在最后。

　　邦有道则庶人议，庶人议则邦有道。这几年杂文的发展虽也有过起伏波折，但总的说是日见其兴旺了。随之而来的，是有关杂文的功能、时代特征、艺术表现等等的议论，也逐渐多了起来，这是极好的现象。但在我，大抵只是有话想说，而又自以为这些话可能有益于世道人心和社会进步，而且并非全是陈言套语的，便写了出来，很少考虑是否符合论者的尺度。如果说此外还有一些什么要求的话，便是力求文与人、言与行之间，不要背离得太远。

　　虽说杂文也可用于歌颂，但就其主要功能而言，恐怕还在于揭示和抨击社会上丑恶和落后的东西，以促其死亡。扶正祛邪，祛邪，正是为了扶正，实际也就起了扶正的作用。灭虫锄草与浇水施肥，对于植株的苗壮成长，都是不可缺少的。

但这就出现了一个杂文作者的文与人、言与行之间能否一致的问题。杂文作者虽非什么领导者、教育者，但他的文字既要祛"邪"，他的为人，便理应比较的"正"，这才有道义的力量。"满嘴仁义道德，满肚子男盗女娼"，杂文作者不能学那些假道学、伪君子的样。

我自知缺点甚多，而又要执笔为文，这就产生了矛盾。我的办法是"有所不为"。这"有所不为"，大致包含着两方面的意思。一是不自己打自己的嘴巴。譬如说，如果自己偷了东西，就绝不指着别人的鼻子骂他是贼；如果自己削尖了脑袋钻营什么官位，也绝不堂而皇之地去指斥别人是"官儿迷"。这是一种藏丑法，自然并不神圣，但至少可以心安一点。二是凡自以丑恶并加以攻击了的行为，自己以后便特别注意加以检点和约束，不去做那样的事，以免被人指着背脊并投过来轻蔑的冷笑。

在我看来，杂文作者只要不以圣人自居，并愿审视和改造自己的灵魂，当他把笔尖指向社会的时候，实际上也正是在荡涤自己心灵里的尘垢。如果一定要自己一尘不染，那就只好大家搁笔。

1988 年 1 月 6 日

目录

郭国之君

　　"善善"、"恶恶"，用现代的话来说，就是把好的当做好的，把坏的看成坏的。应该说，这是很可贵的了。但有的古人对此却评价不高。抄一段古书上的话：

　　齐桓公之郭国，问其父老曰："郭何故亡？"父老曰："以其善善而恶恶也。"桓公曰："若子之言，乃贤君也。何至以亡？"父老曰："不然，郭君善善而不能用，恶恶而不能去，是以为墟也。"

　　仔细玩味郭国父老的话，确实颇有见地。善善、恶恶，较之是非颠倒，善恶混淆，固然要好，但如果始终只是停留在观念上或口头上而不见于行动，付诸实践，那就一钱不值。一个这样的国君，是可以把自己的国家弄成一片废墟的。

　　唐人杜牧写过一篇《阿房宫赋》，指出秦的统治者追求享乐，不惜民力，结果落得身败国灭。后世帝王，未必便不懂得忧劳可以兴国，逸豫可以亡身的道理，然而真正身体力行的能有几人？

他们知善不能行，见恶不能去，结果或者搞得民穷财尽，或者做了亡国之君。

这是说的剥削阶级的代表人物，那么无产阶级的人情况又如何呢？看来也不能完全例外。拿一言堂、特殊化来说，谁不认为是坏东西，然而，不是始终有人对之恋恋不舍吗？有些人经常谆谆告诫别人应当如何如何，而自己却明知故犯。

所以，郭国父老的话，算得上是一种历史经验的总结。

人们为什么善善不能行，恶恶不能去？无非是由于从"知"到"行"的中间，有着那么一些不大容易逾越的障碍。这障碍，大致不外两点。一是有私欲。孟轲曾经给齐宣王讲过一通有关"王政"的道理，宣王颇为赞赏。孟轲说："大王既然认为有理，为什么不实行呢？"齐宣王坦率地说，他喜爱财富，他喜爱女色。由于摆脱不开私欲，于是，"王政"云云，只好搁到了一边。最近揭发的商业部长到饭店吃饭不按价付钱，这种行为，大概任何一个小学生都知道是错误的，这位部长却竟做得出来，无非是既要享口福，又舍不得掏自己的腰包，也是私欲作怪。二是有阻力。要行善去恶，必然会遇到恶势力的抵制和反扑。如果没有足够的决心和毅力，也就只能限于"望善兴叹"，或者半途而废。古人有句名言："非知之难，行之为难；非行之难，终之斯难。"就一定意义说，是并不错的。

　　然而，这只是事情的一个侧面。任何一个时代，又总有无数志士仁人，既不为私欲所蒙蔽，又不为阻力所慑服，以无私无畏的气概，知善必行，见恶务去，推动着历史的车轮，奋然前行。这些人，就被称之为革命家或革新者。

　　十年浩劫，曾经形成了是非善恶的大颠倒。粉碎"四人帮"以来，拨乱反正，把被颠倒了的是非重新颠倒过来，这具有伟大的意义。就当前而论，在明是非、分善恶的基础上，在"行"和"去"这两个字上用工夫，却特别显得重要。

　　　　　　　　【原载 1980 年 11 月 25 日《解放日报》】

柔石皱眉

　　鲁迅的《二心集》中，有一篇只写了半截子的文章《做古文与做好人的秘诀》。1932 年，鲁迅把这篇未发表过的半篇文稿收入集子的时候，追述了有关它的写作经过：1930 年，柔石要到明日书店去编一种杂志，请鲁迅撰稿，鲁迅便写了这篇文章。"当夜没有做完，睡觉去了。第二天柔石来访，将写下的给他看，他皱皱眉头，以为说得太噜苏一点，而且怕过占了篇幅，于是我就约他另译一篇短文，将这放下了。"

　　这，大概只能算是一桩平常的事，但里面却很有些感人并给人以启示的东西。

　　在当年，论柔石和鲁迅的关系，大概有好几层。除了编辑和作者这一层外，还是后进与前辈、非名人与名人、学生与老师。用不着说，柔石对鲁迅是极其尊重和敬爱的。但他看了鲁迅的这篇未完稿，居然皱起了眉头，公然表示"太噜苏了一点"。想起来，真得有点不顾情面的勇气。而鲁迅，看了柔石皱起的眉头，听了他"太噜苏一点"

的评论，竟也毫不介意，还答应另给他译一篇短文。想起来，也真得有点不计情面的胸襟。但在柔石和鲁迅之间，这些却显得那么简单、自然，大概他们压根儿就没有想到什么情面、什么勇气和胸襟之类的东西。

然而正是在这里，最好地显示了一个大作家与编辑之间，一个前辈长者与后进之间的坦率、谅解的精神，和他们之间的亲密关系。而这种精神和关系，又是从共同的战斗中产生，并为其服务的。

今天，在我们的编辑与作者、编剧与导演、导演与演员之间，前辈与后进、名人与非名人之间，是否都有着这种亲密关系和坦率、谅解精神，不得而知，但把鲁迅和柔石的行事，作为镜子拿来照一照，该是有益的。

【原载 1982 年 4 月 8 日《文学报》】

为朝云一辩兼谈拍马

　　林治泉先生的《拍马法发凡》，把拍马者的尊容和心术，作了一次展览，使有意于"拍"者感到羞愧，无心而被"拍"者知所警戒。但文中把朝云也置于拍马者的行列，却不无可议。

　　作者原文，引了一段有关朝云的故事，为了说明问题，这里照录如下：

　　东坡一日退朝，食罢，扪腹徐行，顾谓侍儿曰："汝辈且道，是中何物？"一婢遽曰："都是文章。"坡不以为然。又一人曰："满腹都是机械。"坡亦未以为当。至朝云，乃曰："学士一肚皮不合时宜。"坡捧腹大笑。

　　无疑，朝云对东坡先生的心思比起前两位来要了解得清楚、透彻，因而答得恰到好处，得到赏识。我以为据此称朝云为东坡知音则可，以之为"善于揣摩人意"，阿谀献媚，则未免太委屈这小妮子了。

　　这是就事论事。如果就朝云一生看，事情就更为清楚。东坡晚年贬惠州时，家中数妾已相继辞去，独朝云随行。东坡曾感而作《朝云诗》，说她"不似杨枝别乐天，恰似通德伴伶玄。"后来朝云死在惠州，东坡为之作墓志铭，赞其"敏而好义，事先生二十有三年，忠敬若一。"这话虽有着浓厚的封建气味，却也可见朝云之于东坡确是患难与共、生死相依的，决非拍马者流可比。

　　朝云早已与草木同朽，且非历史要人，后世对之或毁或誉，本来不必过于认真。这里所以喋喋不休者，无非是怕冤了古人，会影响到今人。作者把拍马法的精髓，概括为"投其所好"，这见解应该说是极精辟的。但所谓"投其所好"，大概总得具有两个特征：一是曲意逢迎，心口并不一致；二是暗藏着个人私利的考虑。如果没有这两条，即使对人称誉赞美，并使被赞誉者感到高兴，受到鼓励，恐怕也不能看做"投其所好"，讥为拍马的。如果因朝云说了一句深得东坡之心的话，便把她与拍马者粘连起来，那么今后人们讲话作文章，岂不难矣哉！

　　而且人世间的事，也实在复杂得很。唐太宗有一次退朝回宫，曾恨恨地表示要杀掉魏征这个"田舍翁"，说他"每廷事辱我，使我常不自得。"文德皇后听了便具朝服相贺，说"妾闻主圣臣忠，今陛下圣明，故魏征得直言。"从而使太宗醒悟过来。文德皇后在这里给太宗送了一顶高帽子，但揆其本意，倒是为了太宗和李唐王朝的利益，并在实际上救了魏征。尽管有曲意逢迎之嫌，恐怕也难以把她归入拍马者流的吧！鉴古观今，此类事并不少见，可见人对事，还得多做具体分析，简单不得。

人们常说，杂文难写。除其它因素外，要在千把字的篇幅内，把事情剖析清楚，力求避免片面性，就是困难之一。个中甘苦，笔者也略有体会。所以这篇短文，既是与作者商榷，也是与作者共勉。

【原载 1983 年 3 月 3 日《羊城晚报》】

"和尚动得,我动不得?"

阿Q伸手去摩静修庵小尼姑新剃的头皮,小尼姑满脸通红地说:"你怎么动手动脚的……"阿Q的答复是:"和尚动得,我动不得?"

说"和尚动得",不免有诬蔑之嫌,且不去管它。但这句话实在警辟,它简洁而又活脱脱地勾勒出了一些人的一种心理和处事原则。本来并不认为"动"得有理,但既然有人先动了,那么我也来动一动,便是理直气壮,至少无可非议的了。"和尚动得,我动不得?"能化非为是,变无理为有理,既有助鼓起自己"动"的勇气,又可以充当抵御责难的挡箭牌,功能多样,效用明显,所以这一原则便被一些人广为采用。

但这种处事原则,通常只施之于弱于己者。阿Q只把它应用于小尼姑。当年列强的"门户开放,利益均沾"政策也只加之于贫弱的中国。此外,有时也用于某些公物或近于无主之物,近六十年前杭州乡下人纷纷去挖雷峰塔的砖,便是一例。

不幸的是，旧社会的这种分泌物至今仍然顽强地附着在某些人们的身上。现在，缺少自卫能力的弱小者已经很少（因为有人民的政权保护着），而公物却日见其多起来，而这公物在一些人的心目中却又似乎与无主之物难以区别，于是"和尚动得，我动不得？"这一原则的施用范围，便越来越广泛。看见别人在那里用公款大吃大喝，我至少也得小吃小喝一番。你多占了三间房，我便也来多占三间，如果没有你那么大的能耐，便多占一间也行。既然你开得后门，我有什么开不得？……于是，对于种种不正之风，尽管颇为不满，却又往往不免多少沾点边。然而，虽然沾了点边，却仍然心安理得，因为有"和尚动得，我动不得？"的原则在。

"和尚动得，我动不得？"是一种泯灭良知的麻醉剂，一种自我欺骗的借口，一种向邪恶看齐的哲学。这样一种心理或处事原则，如果在社会上弥漫开来，不但扶正祛邪难以实现，而且会形成一种破坏力量。当年的雷峰塔终于倒掉，西湖至今缺了一景，今天某些厂矿设备遭到哄抢，某些森林被滥砍乱伐，不过是小焉者。其大焉者则是是非观念的淡漠以至混淆，人们灵魂的受到污染和销蚀。

在"和尚"动手的面前，可以有三种态度：

出面制止，不许他动，这是革命者和先进分子；他动我不动，不失为洁身自好的正直之士；你动我也动，便属于无赖甚至可恶了。这里没有硝烟炮火，但我们每个人都面临着一场考验。

"和尚动得，我动不得？"固然要不得，应该受到谴责，但有这种想法的人毕竟不是首恶。我们应该首先斥责、制止、惩处那些先动手并且在那里大动特动的"和尚"。否则，不但有欠公允，而且可能于事无补。

至于有的人，本身就是一位大"和尚"，却也在那大嚷大叫，批什么"和尚动得，我动不得"的，更应该加以揭露，还他一个本相。

【原载 1983 年第 14 期《新观察》】

翻 箱 底

有人提出，电影发行部门应该翻翻箱底，从国产和进口的旧片中选一些比较优秀的重新放映。这是个好主意。好的影片也像那些文学名著一样，不会因时光的流逝而失去光彩。而且所谓旧片，也只是就看过那些片子的人说的，对于当年未能看到那些片子的以及今天广大的年轻人，就仍然是不折不扣的新片。我们没有理由让这些有用之物躺在阴暗的仓库里销蚀自己的生命。

这件事进行得如何，不得而知。但另一些翻箱底的工作，却早在进行而且颇有成绩。一些老作家、老学者，老报人利用自己不多的余年，广搜旧作，普求佚文，选之择之，整之理之，然后结集面世。一些已故作者的亲朋故旧，门人弟子以及有兴趣的人，在做这样工作。把那些早年散见于报纸杂志的好作品和未发表的有益文字，发现出来，集中起来，奉献或再次奉献给社会，而免其湮没，于现在，于未来，都是一大功德。

但这翻箱倒柜，也不免会有点危险。那里面

的东西，毕竟是陈年旧货，固然会有越陈越醇的美酒，永远放光的明珠，但也可能会有过时的衣饰，发霉变质的食品，有的箱子里，甚至混有一些裹脚布、大烟枪一类的东西。而人情又难免于敝帚自珍，"文章是自己的好"，别人也可能由种种原因而产生偏爱，于是不加选择，一古脑儿搜罗出来，加以复制，献给社会。这就不但会造成人力物力财力的浪费，甚至会使人中毒。

鲁迅在《拿来主义》中指出：对于外国的东西的拿，"要运用脑髓，放出眼光"，要"沉着、勇猛，有辨别，不自私"。翻箱底，不属于"拿来"，而是"拿出"。但鲁迅的这些话，却该是适用的。负责"拿出"者，无论是作者自己或别人，也都应该放出眼光，舍弃私心，既从历史的角度鉴别其在当时的作用，又洞察时代的潮流，把握现实的需要，然后决定或取或舍。这才是对人民，对社会负责的态度。

一个人不悔其少作，自然是有勇气的表现。把童年时拍下的拖鼻涕、吮手指之类的照片，搜集起来，作为自己成长的历史来回忆、分析，以至把玩、欣赏，都无不可，甚至会从中得益，但当做艺术珍品拿来开展览会，却是另一回事了。

当然，给一个人出全集时，是要特别注意"全"的，哪怕是三寸字条、半页笔记，都不应舍弃。但那也主要是因为可作为资料，于研究作者思想和艺术的全貌及其发展有用，并非表示那些东西的本身便件件都有不朽的价值。而有资格出全集的人，毕竟是不多的。

郑板桥在刻印他的诗集时，曾说过这样的话："板桥诗刻止于此矣，死后如有托名翻版，将平日无聊应酬之作，改窜烂入，吾必为厉鬼以击其脑！"他的出发点和我们大概不尽相同，但其精神似乎可以借鉴。

【原载 1983 年 12 月 30 日《解放日报》】

"好好先生"三论

小　引

谈"好好先生"的文字，最近见于报刊者已有多篇。本不想再来凑热闹，但又觉得另有些话要说，于是在题目上加一个"论"字，或可借以自高身价，引人注目。

"好好先生"有真假之分

"好好先生"，也有称为"老好人"的。两者涵义是否有细微差别，姑置不论，但其为人处事之不足取，大概无可怀疑，加以批评，甚为必要。

但仔细看去，被人称之为好好先生者，其实是品类繁多，差异颇大的。就其荦荦大者而言，至少有两种。

一种人虽然缺乏原则性和斗争精神，很怕得罪人，遇事但唯唯而已，不过他们眼里辨正邪，心中有是非，对莨莠虽不敢直言其臭，却也决不肯誉之为香。就处人而言，不免有客观上助长邪恶之嫌，但其自处则安分守己，奉公循法，工作勤勤恳恳，任劳任怨，甚至在邪恶与横暴面前，忍气吞声，逆来顺受，怪有点可怜的。这是真正的"好好先生"。辛弃疾在一首《千年调》里曾经描绘过一种人："然然可可，万事称好"，"寒与热，总随人，甘国老"。"甘国老"即中药里的甘草，其性平和，虽无驱风祛邪的特殊功效，却也并无毒性，许多方剂中往往要用它。辛弃疾把"好好先生"喻之为"甘国老"，虽然流露了轻蔑和不满，却也仅此而已，看来他是很注意批评分寸的。

另有一种人，逢人便点头，见面一脸笑，八面玲珑，四方讨好，他们往往自谦为"好好先生"，人们也往往以"好好先生"目之。其实不过是一种假象，用 X 射线透视一下，很可能发现其心肝是黑的。他们所以要俨然摆出一副"好好先生"的面孔，或则是因为"吃了人家的嘴软，拿了人家的手软"，或则想借以向上爬，"好风凭借力，送我上青云"。此类人确实有一副菩萨心肠，但往往只适用于坏人坏事，而对于人民呼声、革命正气却冷若冰霜，虽不敢明火执仗公开打劫，却善于软磨硬泡，使其无疾而终。他们是假"好好先生"。

　　凡属"好好先生"，都在批评教育之列。但如果对这两种类型不加区别，一律五十大板，那么，对前者就不免失之过重，而对后者则于无意中起了掩护作用。所以对于后者，应该剥去其"好好先生"的画皮，显露其"坏坏同志"的本相，不让他们跻身于"好好先生"的行列。

"好好先生"与"小国之君"

　　谈及"好好先生"人们往往提到司马徽，甚至把他作为此类人物的祖师爷，这大概是受了《古今谭概》的影响。可惜冯梦龙全未涉及司马徽之所以成为"好好先生"的原因，似乎只是天性使然。好在《世说新语》注引《司马徽别传》提供了一点背景，说他"居荆州，知刘表性暗，必害善人，乃囊括不谈议时人。"看来他的万事称好，实在是远祸避害的一种办法。大概说"好"说惯了，习惯成自然，以致人家儿子死了，他也说"好"，实际是闹了笑话，得罪人的。平心而论，司马徽之行虽不足取，而其心实可悯。我每读这段文字，总觉得在可笑中蕴藏着一种深沉的悲哀。在古代，这种情形是常见的。马援这位愿以马革裹尸闻名于后世、颇有点英雄气概的人物，在跟他的侄儿们说私房话的时候，却谆谆告诫：对别人的过失，"耳可得闻，口不得言也"。为子孙的安全计，还是劝他们做"好好先生"为宜，其用心亦良苦矣！苏东坡因与朝廷意见不合，通判杭州，他的表兄文与可怕他再惹是非，便要他"北客若来休问事，西湖虽好莫吟诗。"他本人也曾写诗自嘲："道逢阳虎呼与言，心知其非口唯唯"。

历史上"好好先生"之所以累世不绝，并被一些人奉为立身处世之妙道，或虽不能至而心向往之，实在是当时封建专制的社会政治制度所造成。批判"好好先生"，不能不涉及产生"好好先生"的土壤。

在我们的时代，人民成了国家的主人，产生"好好先生"的条件，从理论上说已不复存在。但一则旧意识的历史尘埃不能一下子洗刷干净；二则林彪、"四人帮"倒行逆施，大搞法西斯专政，使人们再一次懂得了"出头椽子"做不得，其影响至今未泯。更重要的是，今天也还有些"小国之君"，在一个地方、一个部门、一个单位，称王称霸，压制民主，打击报复，放肆整治那些坚持原则、敢于直言，有一点棱角的人。报告文学《把阴影留在背后》，写一个医院的某些领导为一己私利，硬要剥夺外科医生魏永贤当劳模的权利，在他们的高压下，竟使有些原来赞同的人改变了态度，或"不再表态"。邪恶的嚣张，权力的滥用，塑造了多少"好好先生"！可以这样说：哪里有了"小国之君"，哪里的"好好先生"，必不会少，而"好好先生"多的地方，准能在那里找到"小国之君"。所以在批评"好好先生"的同时，尤应用大力去摧毁那些"小国之君"的宝座。

对"好好先生"的要求宜有区别

同为"好好先生"，但身分、地位、权力不同，其所起消极作用和不良影响便也不同，我们的要求也应随之有别。

"勇于揭露和纠正工作中的缺点错误，支持好人好事，反对坏人坏事"，这是作为党员义务，白纸黑字，载于党章的。共产党员的称号与"好好先生"的令名，实在很难统一于一个人的身上。对于患了"好好先生"症的党员同志，应该从严要求，用批评自我批评的武器，动点"手术"，而对于党外群众，则不妨宽些尺度。四千多万共产党员不再做"好好先生"，影响所及。社会上的司马徽遗风必将衰微下去，是无疑的。

一个普通党员而成为"好好先生"，固然会对我们的事业产生消极作用，而如果这"好好先生"

是身为领导、手握权力的干部，其危害就大了。不论他是否意识到，客观上将成为歪风邪气、恶人劣行的保护伞。《阅微草堂笔记》卷一，说有一官死后，自称生前到哪里都只喝一杯水，无愧于鬼神。阎罗王反驳说：如果以为不要钱便是好官，那么放个木偶在公堂上，连水也不喝，岂不比你更好？他还指出："公一生处处求自全，某狱某狱，避嫌疑而不言，非负民乎？某事某事，畏烦重而不举，非负国乎？""无功即有罪矣！"阎罗王对那位"好"官的剖析（处处求自全）和评论（负国负民），实在足以振聋发聩。身为党员领导干部而甘当"好好先生"，并自认为未做坏事便可问心无愧者，听了这故事，该是要出点冷汗的吧！"为官不与民做主，不如回家卖红薯。"一个封建社会的七品芝麻官，能有如此胸襟，如果一个新时代的人民公仆竟不肯抛弃"好好先生"哲学，岂不更应该考虑回家干点别的什么？

"群众看党员，党员看干部。"党员、特别是领导干部，在克服"好好先生"习气方面，应该有更高的自觉。

【原载 1984 年 4 月 7—9 日《新民晚报》】

我们那时候……

　　上了点年纪的人，特别是在革命的硝烟烽火中打过滚的人，往往爱讲："我们那时候"……

　　激烈悲壮、可歌可泣的岁月，总是使人魂牵梦绕，难以忘怀。而且，没有"我们那时候"，便不会有"我们这时候"的一切：邀游于太空的人造卫星，使敢于来犯者战栗的核弹，络绎来访的各国首脑，洛杉矶冉冉升起的五星红旗……那么，我们的人民将仍然在漫漫长夜里呻吟。忘记过去，就意味着背叛，也许言重了些，但不懂得过去，便不能正确地理解现在，更好地走向未来，无论对于整个民族或单个个人，都是至理。所以，一听到有人讲起"我们那时候"，就投去轻蔑的目光，实在不免有些胡涂和轻率。

　　但涂在"我们那时候"的画页上的，并非单一的胜利和光荣。有过旗鼓喧天的进军，也有过日月无光的惨败；有过绝顶的聪明，也有过惊人的蠢笨；有过清醒，也有过热昏，甚至坚定与软弱，勇敢与怯懦，也并非只有前者而与后者绝缘。

这里需要的是历史家的冷静思索，而不是老年人的单纯怀旧之情。把那些是非得失、酸甜苦辣，全都想一想、讲一讲，不但无损于"我们那时候"的光亮，而且将更为有益，无论于自己或于别人。

同时，在讲"我们那时候"的时候，最好能对照一下自己这时候。往日的英雄气概、美好情操、为人民造福精神，有没有因时光的流逝、地位条件的变化而黯然失色或消磨殆尽？如果没有，那么即使你说话的声音很小，听起来也会铿锵有力。如果自己这时候的灵魂已蒙上了厚厚的尘土，甚至生锈发霉，却大声嚷嚷"我们那时候"如何如何，即使别人不嫌刺耳，自己也该感到乏味和脸红。自然，即使当年意气已所余无几，只要心头的火星未灭，回味一下"那时候"，亦非无益，它有助于我们猛然省悟，重振精神。

不过，"那时候"不论如何值得珍视，毕竟已成陈迹。我们面临的已是"这时候"：新的情况，新的任务，新的问题。不忘"我们那时候"，目的只是为了"我们这时候"。离开了这个目的，将很快会失去听众的热情，甚至落得像祥林嫂讲自己的故事那样，终于使人"厌烦得头痛"。至于硬要拿了"我们那时候"穿过的鞋，朝着"我们这时候"的脚上套，只能使自己以及别人走起路来疼痛难忍，步履艰难。何况"那时候"的鞋有些原本就不合脚，曾经让我们跌过跤子的。自然，过去和现在都能穿的鞋也是有的，但那质料、款式，也得有所变化、创新。

历史是一条永远奔腾不息的河，总是愈向前愈宽阔浩渺，汪洋恣肆，总是后浪推前浪，后浪超前浪。日本的有岛武郎在《与幼者》中说过一段话："大约像我在现在嗤笑、可怜那过去的时代一般，你们也要嗤笑、可怜我的古老的心思，也未可知的。我为你们计，但愿这样子。你们若不是毫不客气的拿我做一个踏脚，超越了我，向着高的远的地方进去，那便是错的。"有岛不是马克思主义者，但他的这段话表明他有着智者的眼界和仁者的襟怀。今天的年轻朋友，大概是不会嗤笑、可怜"我们那时候"的，但如果拿了"我们那时候"来挡住他们这时候的脚步，说不定他们会骂一声"九斤老太太"——在口头上，或在心里面。

至于今天已经或将在时代的舞台扮演重要角色的年轻朋友，我祝愿他们在几十年以后回首往事的时候，也能有一个值得怀念的"我们那时候……"

【原载 1985 年第 2 期《人民文学》】

"读杂文"三忌

　　夏衍同志写了《杂文三忌》，读后受益良多。但由此却使我想起："读杂文"似乎也有三忌。

　　据说杂文在出版社往往是不受欢迎的客人，偶尔得到通过，那印数也少得可怜，使出版者和作者都感到寒心。但在报纸的副刊里却似乎声价不低，大概由于它篇幅小，很快便能读完，所以即使是日理万机的领导干部，也往往要扫上一眼。这自是杂文的光荣，不过，也正因为读之者众，所以那眼光和思路便也很不相同。解放以来，杂文的时起时伏，屡遭厄运，便往往与某种不正常的文章读法有关。据说现在是杂文的黄金时代，那种不正常的读法已日见其式微，但流风遗响，尚未绝灭，所以提出"读杂文"三忌，似乎并非无的放矢。

　　一忌求全责备。片面性，通常是杂文容易受到批评的一个问题。要求全面，避免片面，这自然是极不错的，但什么是杂文的片面性？一个人指出某女郎面孔上有一泥污，原本只是希望她将这泥污擦去，并非全面品评她相貌的妍媸，人们通常也不会责其为片面。如果以为只提及那一点泥污，而未指出整个脸蛋的端庄娇艳，乃是你的眼睛出了问题，甚至指责为"攻其一点，不及其余"，别有什么心肠，那就只能令人哭笑不得，茫然失措。杂文多为千字左右的豆腐块，要求在方寸之地内，成绩、缺点、主流、支流，一一罗列，面面俱到，无异于取消杂文。

二忌联想过甚。苏东坡在一首咏桧诗里写到："根到九泉无曲处，世间唯有蛰龙知"，宰相王珪便在皇帝面前告他的状："陛下飞龙在天，而轼求之地下之蛰龙，其不臣如此！"过去整杂文，常用此法，而"文革"中达于登峰造极。姚文元之流以笔杀人，给陶铸、邓拓、吴晗等同志罗织罪名，固然出于政治阴谋的需要，但确也亏他那能于无中见有、白日见鬼的联想才能。你说太阳里也有黑子，他能联想到是在借以攻击领袖，你称赞明代兵部尚书于谦的刚正，他能联想到是在为当代国防部长彭德怀同志鸣冤。读杂文有时是需要一点联想力的，但碰到此等联想细胞过于发达的人，作者往往有口难辩，徒唤奈何。

三忌对号入座。杂文鞭挞的往往是某种社会病痛，并非专门指向某一个人或几个人。但也正因为如此，它不免会无意中碰到张三李四（有时包括作者自己）的或一痛处。这本来事属正常，但有人却以为你是有心指桑骂槐，意在沛公。于是浅薄者可能像阿 Q 那样，因自己头上有癞疤，听到别人一说光亮、灯、烛，便立刻或打或骂，或怒目而视；而深沉者却只把怨恨先记在心里，然后找个适当的时机给你颜色看。为减少麻烦计，老练一点的作者，便不免要先查查材料，以防自己的笔尖意外地碰到什人物的鼻梁。

《杂文三忌》的第二忌，是一个怕字。写杂文而心存怕字，自然说明了作者灵魂的软弱。不是有句话叫做"无私便能无畏"吗？但杂文作者的怕，却也并非全系庸人自扰，在一定意义上说，它是历史经验所形成的一种条件反射。须知，面对敌人的迫害可以视死如归，而在自己人（或用自己人的旗号）的讨伐声中却不免于悚然而惧，也属人之常情。所以，杂文要解决怕字这一忌，除主要得靠作者自身的修养、勇气和眼力外，也需要人们在读杂文时有一个正常的态度和方法。

【原载 1985 年第 2 期《文汇月刊》】

一个人与五个师

　　说来惭愧，对于钱学森这样一位大名鼎鼎的科学家的生平，我竟一直颇为茫然。最近读了《钱学森在美国》，才多少有了一点了解，其中有些事，还很有点传奇性。在反法西斯的第二次世界大战中，他因在军事科学技术方面的成就被美国空军誉为对胜利作出了"无法估价的贡献"。而当 1949 年之后，他决定回国时，却遭到美国政府的阻挠和迫害。直到 1955 年经过周恩来总理的努力，他返回祖国的愿望才得以实现。

　　围绕钱学森的回国，有两个人的话，给我以深刻的印象。一是当年美国海军部的次长，他说："无论在哪里，他（指钱学森）都值五个师"，"我宁可把这家伙枪毙了，也不让他离开美国"。另一位是我们的周总理，他说，中美大使级会谈虽然长期没有取得积极的结果，但是要回来一个钱学森，就是这样一件事，会谈也是值得的。周总理与那位美国军方要人，立场完全不同，但在估量一位杰出的知识分子的价值问题上，却这样惊人地一致，令人深思。

知识分子的重要作用和价值，是客观存在。只要不是蠢人或瞎子，无论为敌为我，是天使或是魔鬼，都无法不予承认。但其作用和价值的实现，却需要条件，并不完全决定于本人的努力。以钱学森而论，如果他一回国，便如同"文革"中许多知识分子那样，被安排到干校去养猪种菜，那就只能自叹"吾不如老农"，"吾不如老圃"，别说一个人顶成千上万人，怕连半个好劳力也比不上。即使不去养猪种菜吧，用之非其所长，使之不以其道，"值五个师"云云，怕也只是句空话。

不久前，一家外国研究机构发表报告，说今后一个国家的命运，将取决于知识分子的数量、质量和对他们的使用。这种说法也许可以研究，但在知识分子的数量、质量之外，强调了对他们的使用问题，眼力确实不错。知识分子的数量和质量是个常数，而其作用和价值却是个变数，可以依其使用情况的不同而或为龙或为虫，或为栋梁或为朽木，或为瓦釜或为黄钟。这种事，我们看得太多了。

我们的四化建设，需要更多更好的知识分子，我们正在努力培养，但这受着各种客观条件的限制，而且需要一个过程。而对现有知识分子的合理使用，却完全取决于我们的主观努力，而且能收立竿见影之效。在这方面，我们可做的文章还很多很多。

如果一方面孜孜于培养未来的知识分子，而另一方面对现有知识分子的使用却掉以轻心，胡乱摆布，那就不但使许多知识分子感到痛苦，而且将是四化大业的一种不幸。

【原载 1985 年 5 月 24 日《今晚报》】

词条新编

笔者很想新编一本词典。这本词典，将根据一部分人的思想、言论、行动，对一些词的词义做出新的注释，并专供这一部分人使用。这部分人在社会上所占比例极小，但我国人口众多，其绝对数估计亦相当可观。因此，这本词典如能编成，当自有其价值。对绝大多数人，它固然全不适用，不过如果有人愿意随便翻翻，或亦可开阔眼界，启迪心智。但我希望，这本词典未及编成即已过时失效，而且编写的目的，也正在于促其速朽。下面是试写的部分条目，先行公布，用以征求意见，使其完善。至于排列次序，未遑计也。

午饭（晚饭同）——给人体提供营养，以维持生命的一种活动。除此以外，还有一个重要作用。迫使正在进行的会议宣告暂停或结束，使其不能无限期地持续下去。为此应该感谢上帝，他给了我们每个人（从部长、局长、市长、乡长到普通百姓）以大致相同的胃，每过一定时间，胃便要发出咕咕之声，提醒会议的主持者：该休会了。

眼——用来观察上司脸色的视觉器官。那些不会注意上司脸色的人，实际上等于"没长眼睛"。

耳——能够接受各种音响，并使其转化为信息，输入人的头脑，而对于谀词、喜讯、谗言，有着特别的爱好和灵敏度。

嘴——自喉至唇这一段空间的总称，具有多种功能。能制造空话、套话、废话，用以帮助人们（首先是自己）打发时间，销蚀生命，并能使别人耳膜长茧，头皮发麻，甚至恶心呕吐。又能使客观事物变幻不定，神奇莫测：或由有变无，由无变有，或上午是白的，下午成了黑的。还能将山珍海味、美酒佳肴以及理想、原则、道德、纪律、荣誉、人格等等吃下肚去，变成使自己发福的养料。

改革——世界上最容易做的事情之一。把挂在机关门口的牌子摘下来，另换上一块名称不同的新牌子，例如把某某局换成某某公司，就大致完成。但千万别忘了。请一位有名望的人（不一定是书法家），为这块牌子写字。如果再能请来一批高人雅士，举行一个庆祝会之类的活动，就更足以说明改革的彻底和完善。

评比——表演弄虚作假本领的一种机会。聪

明的主持者如果发现有欺骗自己的现象，应该立刻闭起眼睛，或者使自己变得糊涂起来，以便问心无愧也用最大的虔诚，信虚为实，以假为真，再非常坦然地拿了去欺骗上级。因此，决不能让那些天真而又认真的傻瓜参加此项活动，以免他们煞风景，使周瑜打黄盖这样的好戏不能顺利演出。

结论——人脑的分泌物。人脑之所以分泌这种东西，往往是由于某种需要。它一经产生，就会有巨大的生命力，只要产生它的人有一定权力，就总会找到某种材料来证明其为正确，除非忽然发现这种分泌物并不符合上级的口味。

做报告——对一群人进行集体催眠的有效方法。其要领大致如下：①专说尽人皆知的话，以遏制听众思维细胞的活动。②眼睛始终盯着秘书拟定的讲稿，目不斜视。最好事前对讲稿过目一次，以免念错字句，引人发笑，从而破坏会场的宁静。③讲话声音保持同一频率，避免出现高低快慢，抑扬顿挫，同时绝对不要任何手势。能似老僧念经，最佳。④如果会场上有人开始发出鼾声，是催眠取得成效的可喜现象，千万要听而不闻，视而不见，莫加干预，以便使瞌睡虫感染他人。

【原载 1985 年第 7 期《新观察》】

也说"难得糊涂"

不久前，读到公今度同志的《"难得"也不要"糊涂"》一文（见《中国青年报》1985 年 11 月 16 日 2 版），勾起了早先沉落在心底的一点思绪，终于下决心把它写出来。

公今度的文章，是从郑板桥的一方闲章"难得糊涂"说起的。我没有见过这方闲章，更不知道这位怪人镌刻这枚闲章的时间和背景。对这四个字应作何理解，是否属于他的"自诩"，不敢妄说。但据鲁迅说："那四个篆字刻得叉手叉脚的，颇能表现一点名士的牢骚气。"而我见到的有关拓片，在"难得糊涂"这四个大字下面，还有几句话："聪明难，糊涂尤难，由聪明转入糊涂更难。放一着，退一步，当下心安，非图后来福报也。"据此看来，这"难得糊涂"的"难得"二字，似乎既无"难能可贵"之意，也不好作"偶尔"来解释，它的意思大概接近于"不易"，就是说，想要做浑浑噩噩的糊涂人，却又难于做到。

郑板桥是个仕途上不得意，而又颇有些正义

感的人。他在山东潍县当七品官时，有一首题画诗："衙斋卧听萧萧竹，疑是民间疾苦声；些小吾曹州县吏，一枝一叶总关情。"他是想做点有益于地方的事的，但囿于情势又往往无能为力，于是内心矛盾，"进又无能退又难，官途局蹐不堪看"。所以这"难得糊涂"，实际上反映了封建社会里一个正直的士大夫的彷徨与苦闷。

我之所以早想就"难得糊涂"说点什么，是因为郑板桥的那张拓片，现在似乎颇为流行。它陈列在文物商店里，悬挂在一些人家的屋子里，有的出版单位还曾拿了来作为赠送作者的礼物。人们在欣赏板桥的书法之余，未尝不受到那人生哲学的濡染：或者兴趣竟在那字义上，而并非看重其书法。我虽不挂那拓片，但坦率地说，那四个字在自己的思想里，却也曾经引起过某种共鸣。看到党风、社会风气尚未根本好转，不正之风在有些时候、有些方面，还颇有争新斗奇、愈刮愈烈的劲头，而自己却祛邪无力，扶正乏能，于是在痛苦之余，有时不免产生一种念头：不如让自己的神经变得麻木一点，以求心绪的平静。但要真正看破，又谈何容易！终于是"难得糊涂"，而且不甘于糊涂。

然而，这种念头只能说明自己灵魂的软弱。真正的战士，应该能直面人生。不但在枪林弹雨中敢于冲锋陷阵，在风沙扑面时勇于奋然前行，而且能在污泥浊水中，在泥泞沼泽中坚持爬行不息，始终朝着明确的目标。这里需要的不是逃避不是伤感，甚至也不只是激愤；而是扎扎实实的劳作，一点一滴的努力，坚持不懈的斗争，有一分热，发一分光的精神。如果说，郑板桥当年慨然于"难得糊涂"，还有其可爱处，而今天如果竟向往于糊涂，就只剩下消极和倦怠，其与"心死"已相距不远了。这实在是值得深加警戒的。

写完这篇短文，在自己算是一次清算。今后能否就此完全摆脱"难得糊涂"的人生哲学侵袭呢？还得靠经常的反省。

【原载 1986 年 1 月 24 日《中国青年报》】

"打熟张"

政协常委李铁铮先生，1964 年"别妇抛雏"，只身由美返国服务。他曾在国民党政府从事外交工作多年，做过大使，后来弃政从学，在美国做教授。一下子回国，心中不免有点惴惴。"入国问禁"，他曾请教了几位老朋友，其中有一位说：你在开会或座谈时，记着"打熟张"就行了。

"打熟张"，是玩纸牌或麻将的一个术语，意思是说，你出人家已出过的牌，就不会有危险。用之于社会政治生活，直白地说就是说"现话"，或叫做人云亦云。今天想起这件事，李先生和以此言相赠的朋友，大概会哑然失笑，但在当时，它确实是人们的一种经验之谈。

专门"打熟张"，意味着不作独立思考，不敢和不愿讲真话。它对于我们各项工作的危害是不用说了，对于理论工作，更是一种窒息剂。

我们信仰马克思主义，但"我们决不把马克思的理论看做一成不变的和神圣不可侵犯的东西；恰恰相反，我们深信：它只是给一种科学奠定了基础，社会主义者如果不愿落后于实际生活，就应当在各方面把这门科学向前推进。"不用说，只是"打熟张"，只是把老祖宗说过的话重复千遍万遍（虽然真理不怕重复），是无法实现列宁在这里提出的把马克思主义这门科学推向前进的任务的。试想：如果我们今天的决策者专"打熟张"，就不会有对外开放、对内搞活的政策和现在这么好的政治、经济局面。而且不妨说，如果马克思、恩格斯也专"打熟张"，那就根本不会有什么马克思主义。

当然，并非所有"生张"都具有真理性，但在写出判决书之前，需要认真的审慎的研究，需要充分的讨论和争辩，而且需要实践的检验。匆忙的、轻率的、武断的判词，在历史这个公正而无情的最高法官面前，往往只能以被宣告无效而告终。而且地位、权力甚至声望，在这类问题上，也并没有多少意义。

打着发展马克思主义的旗号实际上贩卖反马克思主义或非马克思主义的货色，或者公然宣称马克思主义已经过时，这并没有什么可怕，而且甚至可以说是好事。"有比较才能鉴别。有鉴别，有斗争，才能发展。真理是在同谬误作斗争中发展起来的。"马克思主义者应该有勇气、有信心去迎接这种挑战，并在这种迎战中不断磨练自己的武器，使其变得更加锋利，并随着时代的发展而发展。古人云：无敌国外患者国恒亡。没有理论上不同意见的交锋，马克思主义也会钝化、老化。

据说名画家关山月有一方闲章："古人师谁？"问得好。试想，今日之"熟张"，最初何尝不是"生张"？没有当初的"生张"，何来今日之"熟张"？一个"生张"迭出的社会，就像喧闹着、奔腾着的激流，其中不免鱼龙混杂，泥沙俱下，也可能经历曲折，出现迂回，欲永远充满生机和活力，永远向前。而一个充满"熟张"缺少"生张"的社会，只能是一潭死水。

"打熟张"的处世名言，是过去政治生活不正常，缺少学术自由的产物，这种"名言"蔚为风气，又反过来加深了政治生活的不正常，窒息了学术自由。我们现在生活在一个迅猛变化的世界中，我们正在以巨人的步伐开拓我国改革的新时代。我们现实的政治、经济、文化生活，日新月异，绚丽多彩，我们应该以愉悦兴奋的心情，掌握新情况，研究新问题，总结新经验，找出新规律，把马克思主义推向前进，"打熟张"的妙道，已经失去魅力了。

1986 年 2 月 23 日

"我们"又怎样?!

　　读了萧乾同志的《"我"与"我们"》，很赞赏，一些朋友也很赞赏。文章不到五百字，反响却远胜于某些充塞了陈言套语的皇皇大文，似乎又一次说明：文不在长短，而贵在正确、言之有物而且切中时弊。

　　萧文自是直言谠论，但似乎言有未尽，也许是有意留了余地。这里我不揣鄙陋，也说一点意见，或者可以算是补充吧!

　　"我们"这个复数代名词，比起形单影只的"我"来，通常确实显得人多势众，令人望而生畏。其实是并不尽然的。天子和诸侯，自称朕、寡人、孤，他们从不借助于"们"字。但这个"我"，比起千千万万的"们"来，其力量和作用，不知要大多少倍。秦始皇焚书坑儒，汉武帝罢黜百家，独尊儒术，都是以"我"的名义行事的，何尝借助于"们"字？因为这个"我"是同权力结合在一起的。这是久远以前的事了，近一点的事不妨拿江青来做例子。十年内乱中，她固然常常借助

"我们"来壮胆，但也不时只突出一个"我"字，有时还以"老娘"代之。不是有句名言吗：百家争鸣，一家作主，最后听江青的。在她的这个"我"字面前，再多的"我们"也只等于零，这也因为她手里有权。可见，问题并不全在于自称"我"或"我们"，而在于这个"我"或"我们"的手里，是否有权力，以及是否把这种权力作为砝码，施加于学术讨论和争鸣的天平。

至于"我们马克思主义者"比起单纯的"我们"来，自然要更加堂皇，但如果没有权力的支撑，这个萧乾同志文章中称之为好像以"本庭"名义宣读的判决书便依然只是一纸空文，因为它不但无力执行自己的判决，甚至也无法阻止被判决者即用其人之道还治其人之身，也用"我们马克思主义者"这个"本庭"的名义，来宣读对自己的判词。所以"我们马克思主义者"云云，虽然貌似居高临下，实际上不过是一种架势，并不等于真的"占了高地"。

自然，我是赞成萧乾同志的意见的，在学术讨论和争鸣的文字中，如果署名的只是一个人，便不要用"我们"而用"我"，因为这才名实相符。也不需时时自称"马克思主义者"，因为这要看实际，而不能靠自己以为如何来确定。马克思本人曾经因为一些法国人自奉为"马克思主义者"，幽默而愤慨地说过："我只知道我自己不是马克思主义者"哩！在文章中只用"我"而不轻易用"我们"，确实轻而易举，并有助于改进我们的学风。但要真正贯彻双百方针，造成自由讨论和争辩的空气，至关重要的则是排除权力的干扰，彻底实现近几年提出的真理面前人人平等的原则。而这，证之于历史和现实，就不那么容易了。一方面需要有权者生大觉悟，发大宏愿，下大决心；同时也需要无权可用者的勇气和毅力，还需要报刊编辑部的胆略和见识。

在学术的竞技场上，人多势众和堂皇的旗帜，也像在体育比赛中一样，都起不了什么作用，真正起作用的只是实力。权力虽然能起作用，甚至是强大的作用，但其有效性和生命力却实在有限，因为在这个领域里，最权威的判词只能由实践这个最高法庭作出。权力乃至崇高的威望，在这个法庭面前终究要显出自己的微不足道。这种事例在古今中外的历史上已经屡见不鲜，我们自己也都有过切肤之痛的。

【原载 1986 年 6 月 2 日《人民日报》】

涂 抹 术

几年以前，曾经流传过一则动人的故事：一个年轻的姑娘，用自己"爱的暖流"，唤醒了一个受过三年劳教的惯骗的良知。于是，骗子成了回头的浪子，姑娘则成了拯救灵魂的天使。虽然人们私下里不无疑问和议论，但黑色铅字印在纸上，图象画面显示在屏幕上，使人不能不信。

现在，报告文学《花环与锁链》（载 1986 年第 2 期《报告文学》），揭去了当年笼罩在人物和故事上的光晕，露出了事实的真相，原来那不过是丑人行骗，少女上当，如此而已。如今，"被拯救了"的骗子已重新落入人民法网，而"拯救了别人"的姑娘，则在吞咽着苦涩的果实。

一个普通的不幸故事，是如何被编织成美丽的神话的？作者告诉我们："记者需要好新闻，作家需要好作品，领导需要好典型。"人们各各按照自己的需要，尽了自己的责任。姑娘知道那套到自己脖子上的花环本不该属于她，曾经躲闪过，委婉地拒绝过，但那些崇高的需要毕竟比她良心的需要更有价值，也更有力量，姑娘屈服了。

胡适曾经有句名言："实在是我们自己改造过的实在。这个实在里面含有无数人造的分子。实在是一个很服从的女孩子，她百依百顺的由我们替她涂抹起来，装扮起来。"我们那些只顾需要而不顾事实的同志，未必便是胡适的信徒，但有时却也会情不自禁地把客观的实在当做了可以任意加以"涂抹"和"装扮"的女孩子。看来实用主义这玩艺儿，似乎用不着名家指点，也能无师自通的。

这也并不奇怪。那种根据自己的某种需要，随便地把事实变为神话的艺术，乃是我们祖传的法宝。赵匡胤明明是自己要黄袍加身，却要涂抹成为部下所迫。八国联军之役，慈禧仓皇西逃，命人将珍妃推入井中，待得銮驾回京，却颁发懿旨，说什么仓猝之中珍妃扈从不及，即于宫内殉难，节烈可嘉，特加恩追赠贵妃号位，以示褒恤。实用主义作为一种理论，也许可以说是舶来品，但就实践而言，却是国故，而且源远流长。所以虽经马克思主义的唯物主义的冲洗涤荡，其流风余响，至今难绝。

需要，可以有崇高与卑下之分。本文开头所说的那件事，与这里提及的历史旧事，性质并不相同，但就其按需要来剪裁事实、涂改真象来说，却不无相通之处。真正崇高的需要，决不需要借助于涂抹事实来实现。如果竟然充当起涂抹事实的化装师来，那只能说明自己的需要并不那么崇高，或者在崇高中掺进了某种不崇高。

涂抹术可以有效于一时，但涂在事实上的油彩，终究经不起历史风雨的冲刷。而一旦洗尽铅华，露出本相，小则涂抹者本人受害，大则国家受害，人民遭殃。我们吃涂抹术的苦头，够大而且深了，难道还有什么恋恋不舍的吗？

【原载 1986 年 6 月 25 日《文汇报》】

听话引来的话

　　还是去年的事。有一天早晨在新闻广播中，听到我国南极考察队的同志与国内亲人通话的录音，那是很使人激动的。但其中一位对他孩子说的一句话——"要听妈妈的话"，却在我们家庭中激起了一点波澜。对于这样的嘱咐，大概正合着自己的思路吧，听来是颇顺耳的，但我的孩子却发开了议论："为什么不能说点别的什么呢？中国的父母，似乎就只会叫孩子听话！"听得出来，她所说的"父母"是连我也包括在内的，不免心里一动。当时虽未继续谈下去，其后却常常想着这问题，终于慢慢地似有所悟了。

　　如果有人做个统计，在中国家庭里，父母对孩子讲得最多的，恐怕要数"听话"这两个字吧。父母评价孩子，最高的褒词大概是一个"乖"，而所谓"乖"，则以"听话"为标准。"好孩子"，"乖孩子"，"听话的孩子"，实际上是同义语。回想自己做孩子的时候，是经常得到大人们如此这般褒奖的。后来做了父亲，便也常常以此来诱导、训诫、教育自己的孩子，只是效果有时不那么理想，不免生出九斤老太式的感慨来。现在认真一想，便觉得"听话"固然给了童年、少年时代的自己以不少益处，但也确实使自己损失了许多可贵的东西。且不说精神方面的影响，只说一件事。抗战初期，离我家不远的地方早就有新四军在活动，我虽曾心向往之，但由于"听话"却并未挪动脚步；只是后来终于不肯再"听话"了，这才走进了党的行列。

按照中国的古训，"天地君亲师"，具有至高无上的权威。君的话自然是金口玉言，父母（主要是父亲）的话也只能"无违"，至于师，据说是一日为师便终身为父，也神圣得很。所以，在家里听父母的话，入了学听老师的话，进入社会则听皇帝和长官的话（后来皇帝推倒了，长官却还在的），便成了天经地义的事。一个人如果在生命旅途中，始终沿着"听话"的轨辙走去，便能从好孩子升为好学生，再升为好官员，自然更多的人只能从好孩子变为好百姓。现在情形虽已有所不同，但在许多人心目中，"听话"仍然是极重要的美德，无论对于孩子或学生或干部或群众，这都是把尺子，而要"听话"的谆谆教诲，也常不绝于耳。

人们所以将"听话"与"好"联到一起，除

了旧的治人者是为了造成驯良的臣民，以便于自己的统治外，一般人大抵是出于一种信念：父母、师长、上司的话，等于正确，听他们的话便意味着走正道。但事实上说出话来"句句是真理"的人在人世间是根本不存在的，所以无条件的"听话"，就不免有听了错话而走上歧途的危险。就算世界上有着言必真理的全能先知吧，但也总不能像冥冥中的上帝那样，时刻与我们同在并指示着我们的行动。所以习惯于"听话"和照"话"行事的人，一旦无话可听了，便不免于像失去了引路人和拐杖的盲人那样，前后左右都不敢举步，只好坐在那里呆等。

人类社会能进步到今天这样子，固然与人能通过"听话"接受前人和先辈的经验有关，但同时而且是在更大程度上也是不肯"听话"的结果。翻翻历史，社会巨大的进步，哪一次不是与冲决"听话"桎梏，实现思想解放结伴而行的！如果人们只是一味地"听话"，恐怕我们现在仍将停滞于穴居野处、茹毛饮血的境地，并且恪信着天圆地方、上帝造人一类说法的吧！所以一概反对"听话"，固然是愚蠢，但无条件地强调"听话"，却会窒息和扼杀人们独立思考的能力和创造才能，所培养出来的至多不过是先辈二世。不"听话"，未必便有出息，但只知"听话"却注定不会使人伟大。一个民族，如果只知"听话"的人多了，决不是福音。

我不能估计，我们传统的"听话"教育和以"听话"作为衡人尺度的价值观，给了我们民族心理和社会进步以怎样的消极影响。我深信不疑的是：在开拓中国式的社会主义道路，实现四化建设，使中华民族腾飞于世界的伟大事业中，我们决不能再把"听话"教育奉为圭臬，再把"听话"行为不加分析地视为美德。自然，这不能与否定遵纪守法、下级服从上级混为一谈，是不言而喻的。

1986 年 7 月 10 日

没有瞄准靶子

近来邮票的作用，似乎在看涨，好像除了寄信以外，还能整人。"八分钱整半年"类似说法不但成了人们的口头语，而且不时见诸报端。自然，这里的"八分钱"云云，不过是一种借用，实际上指的是匿名信。

说匿名信能整人，而且威力无穷，一些致力于改革的优秀厂长被它弄得狼狈不堪，甚至头破血流，因而必须痛加讨伐，对此，开始我是相信的。因而对匿名信及其作者，也便颇为忿忿然。但看的材料多了，便不免生出许多疑问来。疑的结果，以为其实这是个冤案，至少板子没有完全打中罪人的屁股。

我的疑问是这样开始的：为什么从许许多多的报道中，竟没有看到一件高级领导人被匿名信整得名誉扫地、甚至撤职罢官的呢？想了一想，终于明白：匿名信并不如某些人所说的那么法力无边，至少碰到大人物它就变得既软弱又无害。

那么匿名信对于小干部，就准能那么厉害吗？似乎也未必。不少材料说明，有些领导者收到匿名信后，并不立刻被它牵着鼻子走，大张旗鼓，兴师动众，进行调查，而是采取适当的方法，掌握必要的材料，并运用自己的头脑，做出判断。看来，即使对于小干部，匿名信的威力，也与其说是来自它的自身，不如说是由于它得到了权力的支持。没有权力的支持，匿名信者，纸一张耳。

根据匿名信提供的情况，进行调查，是否一定会使好人遭殃呢？也不见得。调查的结果，无非两种。或者是所控属实，那么匿名信的作者虽然缺少一点"行不改名，坐不改姓"的勇气，但其检举揭发之功却是不可没的。或者证明只是诬陷，那么做个结论，澄清是非，就此了事，也并不就会给革新者带来不幸和灾难。华君武同志画过一幅题为《诬告》的漫画，并写诗四句："贴上八分邮，告他人咬狗，调查几个月，不死也够受"，对"人咬狗"之事调查几个月，并使被诬者"不死也够受"，诬告者固然不能辞其咎，那些掌握权力的人难道不应负更大的责任、受更多的谴责吗？

鲁迅先生说过："我先前总以为人是有罪，所以才枪毙和坐监的。现在才知道其中的许多，是先因为被人认为'可恶'，这才终于犯了罪。""许多罪人，应该称为'可恶的人'。"现在有些改革的先行者所以被"八分钱"整得"不亦乐乎"，固然与诬告信不无关系，但究其实，恐怕也是由于他们早就被某些人看不顺眼，甚至认为"可恶"。

匿名信，这是一种社会现象，从古至今，历来有之。其中固然不乏以诬蔑之词，陷人于罪者；但所述属实，只是害怕打击报复，不得不姑隐其名者，也并不少见。一律把匿名信视为什么公害，把匿名信作者斥为宵小之徒，实在过于笼统。主张对匿名信一概不予理睬，付之一炬，更不是什么好办法。特别是在当前"官风"尚未根本好转的情况下，如此态度，如此主张，倒是堵塞了一条下情上达的渠道，有利于掩护黑暗和腐败的。鼓励人们不要匿名，但也不要绝对反对匿名，也许比较妥当。

对于确属诬陷的匿名信的作者，自然应该谴责，甚至依法追究其责任。但如果只是对这样的人大肆讨伐，而对使诬陷得逞的有权者不置一词，或者只把此类人物视为上当受骗的可怜虫，轻轻地戴一顶官僚主义的空帽子，依然好官我自为之，不但有失公道，也难于真正总结经验，防止悲剧重演。

　　射击，需要对准真正的靶子。瞄不准靶子，火力再猛，终究不会有良好的战果。

【原载 1986 年 8 月 21 日《解放日报》】

"某公"与"诸公"

　　每期《读书》，差不多都有丁聪同志的一幅漫画。这些画，有的使我莞尔而笑，有的使我掩卷沉思。最近看到的一幅，载于该刊第 7 期，却勾起了我小小的议论。

　　漫画画的是一个委员会进行表决的情形。长方形会议桌的一端，主持人（不外书记、主席一类人物）神态咄咄逼人，"反对（我）的请举手"，桌的两边坐着七个人，七只手都作欲举而又不敢举之状，显得惶惑、尴尬而可怜。漫画自是佳作，但凝神默想之余，不免对画的题目《某公的民主作风》略感遗憾。如果改为《一言堂里众生相》，岂不更能体现画的内涵的丰富?! 也许这是画家心存忠厚吧，但我以为，现在的题目对于"某公"以外的"诸公"，不免过于宽容了。

　　世界上的事物，往往是相互依存的，一方的存在总要以另一方的存在为条件。皇帝的存在是因为有甘当臣民者，当臣民不愿再做臣民的时候，皇冠便落地了。有信神的人们，才有神的威严，当人们从迷信的王国走进了科学的王国，神也就无庙可归了。大大小小的一言堂之所以能巍然矗立于神州大地，除了堂长"某公"的不民主外，实在也离不开堂员"诸公"对不民主的纵容和屈从。只谴责"某公"的不民主，而过于原谅了"诸公"对不民主的屈服，怕是摧毁不了一言堂的。

《邵氏闻见后录》里讲了一件事：自唐以来，大臣见君，列坐殿上。艺祖即位之一日，宰执范质等犹坐，艺祖曰："我目昏，可自持文书来看。"质等起呈罢，欲复位，已密令去其座矣。遂为故事。封建时代的皇权，是够大的了吧，但为了剥夺大臣们坐着说话的权利，皇帝也不得不要点小计谋。如果当时范质等敢于按唐制要求把被撤走的座位再拿回来，也许后来大臣见君之礼会是另一个样子。

按照民主集中制原则，某个代表大会或委员会的所有成员都是平等的，在决定问题时，每个人的一票都有同等的分量，这是白纸黑字载于章程的。各人按照自己的意志发表意见，举手投票（不论赞成或反对），不只是一种权利，而且是一种责任和义务。"某公"一言，"诸公"唯唯，或心有异议却口欲言而嗫嚅，手欲举而彷徨，甚至"某公"出尔反尔，"诸公"也随风转舵。这恐怕不能专怪"某公"，"诸公"实在该反省一下自己是否患了软骨症！

自然，遇到不民主的"某公"，"诸公"也自有其难处，例如怕引起恶感，甚至遭到打击报复等等。但封建时代，并没有什么民主集中制，一些正直之臣，面折廷争，与皇帝反复驳辩，代不乏人，有的甚至不顾杀身之祸，也要坚持自己的意见。今日不民主的"某公"们，虽然也可以给不顺从的"诸公"穿穿小鞋，但毕竟并无生杀予夺之权，何况1979年以来，要打击报复更日见其难。如果今天的"诸公"仍然不敢按照自己的意志发言、投票，那么最好的办法恐怕只有：呈请辞职，免得贻误工作，并有负推举自己的群众的信任和委托。对自己，也未尝不是一种解脱。

其实，那些不民主的"某公"们，恐怕也未必便是天性专横，多半是在"诸公"的宽容下，逐渐由比较民主走向比较不民主，再走向专横的。看起来，那"诸公"担惊受怕的样子，像个小媳妇，怪可怜的。其实，他们跟"某公"原本是妯娌辈的，只是由于自己过于懦弱，才使"某公"升为婆婆的。较起真来，还得负点纵恶之责哩！

现在我们正在进行改革，革去体制之弊，建立健全的民主制度，这自然十分重要。但好的制度也得由人们来实行和维护，才能由纸面上的东西变为现实，并进而成为习惯。否则，日积月累，浸润衍化，好制度也终不免于沦为一种摆设。细察历史和现实中，由民主集中制演变为一言堂制的过程，此说大致不妄。

【原载 1986 年 10 月 20 日《人民日报》】

"信教"与"吃教"

　　游都江堰，少不了要去看二王庙。这才知道，当年在兴修水利上建立了殊勋的李冰父子，不知从何时起竟已成了神，而且神像前香烟缭绕，不乏信徒。于是颇慨然于中国人之喜爱把人神化，以及对于自己建造起来的偶像顶礼膜拜的虔诚。

　　此后陆续听到有关泰山、九华山等地烧香敬神活动的消息，但都语焉不详。令我震惊的是《社会》第 4 期上的一篇文字，它说："火车远离杭州数里，就看到敬神的人们背着黄布香袋，成群结队涌向西湖。灵隐寺大殿正殿前烧香拜佛的人每小时估计有三四百人，人们排着队在那里等候行跪拜礼。解放初期，我在杭州住过几年，灵隐是常去的处所，烧香拜佛的人也是有的，但比之今天的盛况，却实在要算冷落得很了。

　　然而上文还说，除拜佛的人外，也还有借别人的虔诚索钱的。距灵隐寺百米之遥的路口上就设了卡，进去要收费，入得殿堂，还有名目繁多的"香火费"、"求签费"、"结缘费"。善男信女们背的布袋上盖满了大大小小方的、长方形的红印，每盖一个印，代价是五角至一元。这更是我三十多年前所未见的景况了。

为什么在社会主义建立了几十年、无神论宣传了几十年以后的今天，正在向着现代化前进、正在大力建设精神文明的今天，会出现这种现象？这是政治思想工作者、社会学家、心理学家、哲学家、神学家、民俗学家们研究的课题，而我想到的却是鲁迅先生的一篇文章：《吃教》。

自鸦片战争以后，一些信奉耶稣教的中国教徒，往往倚仗洋人和教会的势力，在当地横行霸道，为非作恶，于是老百姓便以自己的讽刺天才，给了他们一个称号：吃教的。鲁迅说："'吃教'这两个字，真是提出了教徒的'精神'。"在今天的这种求神拜佛"热"中，那些耗时费财，跋山涉水，甚至忍饥受苦，不辞辛苦到佛教圣地来的人，固然不免愚昧，但却不能不为他们的虔诚所感动，他们是真正信教的教徒。而那些花样翻新，想方设法，利用这些人的虔诚以及愚昧来敛财的人物，也许他们讲起佛法来，有如口吐珠玉，然而透过 X 射线，我们却看到他们的灵魂上写了"吃教者"三个字。

同为佛教信徒，然而有着"信教"与"吃教"的区别。于是我又想起了最近读到的一条消息：

山西省长治县原县委副书记制造假证明，说他儿子"已经是重点培养对象"，从而使其混入党内。《人民日报》海外版就此载文提出：为什么凭假证明能入党？但我想，比这个"为什么"更重要的也许是另一个"为什么"：为什么这位县委副书记要设法让他的公子混入党内？他的这位公子又为什么愿意通过这种不光彩的办法"光荣"入党？答案恐怕只能是为了"吃教"，而决非为了"信教"。

当革命者的头颅有随时被割下来示众的危险时，为"吃教"而削尖脑袋地挤进革命这个"教徒"队伍的人，是没有的，即使有恐怕也罕见。而当革命者的旗帜已在政府大厦上空飘扬的时侯，为"吃教"而表示"信教"，并千方百计要挤进来充当"教徒"的人，就多起来了。这大概是个规律，不足为怪，但应该引起真正"信教"者的警惕。不但要注意防止这些伪"信教"者混入"教"内，而且要认真考虑：那些一心只想"吃教"的人，为什么会以为这个"教"是可以"吃"的？

【原载 1986 年 11 月 5 日《文汇报》】

按棋理下棋

有两个关于下棋的故事。

一个是听朋友说的：北洋军阀头目之一的段祺瑞喜欢下围棋。一次，某人与之对弈，殚精竭虑，终获大胜，正洋洋自得间，老段已怫然离席而去，这才明白闯了祸。另一人有鉴于此，于是便故意下败子，让老段大获全胜，以为必得欢心，谁知看到的竟是满脸愠色。第三位终于聪明起来了：时时搔首抓耳，作绞尽脑汁状，最后，则以输一二子终局。此时老段一面喜形于色，一面则连声称赞对方："高手！高手！"

另一个则见之于文字。南京莫愁湖公园内有一座胜棋楼，相传为明太祖朱元璋与大将徐达对弈的处所。有一次两军对阵，自晨迄午，不分胜负，突然朱连吃徐两子，得意间便问："将军何有此疏漏？"徐便请皇帝起身看全局，原来这位将军已在棋盘上布成了"万岁"二字。朱元璋惊喜之余，便把这座楼和整个园林赐给了徐达。据说现在那里还摆有君臣对弈的方桌、棋盘、棋子，只不知是否还能看出棋盘上用棋子摆成的"万岁"二字。

陈毅同志为一本围棋书写的题词中，曾说："棋虽小道，品德最尊。"但从这两则棋坛"佳话"看，人们下棋，有时于执子沉思之际，脑海里往往有超出于"棋道"之外的别的什么"道"存在。虽然这别的什么"道"的霉味儿，不免使人恶心，但它有关乎一个人荣辱得失，远远超过了一局棋本身的输赢。于是，不按棋理下棋之事，也应运而生。

"直如弦，死道边。曲如钩，反封侯。""遍身罗绮者，不是养蚕人。"在旧社会，本来没有多少理可讲，不以棋理下棋，也就不足为怪了。

问题是在今天，类似不以棋理下棋之事，并未绝迹。某厂从上海订购了一套设备，却指定要从国外某港口提货，才肯成交。于是这批货物，不得不千里迢迢去作海上旅行。劳民伤财，费时害事，在所不惜。这大概可以叫做不按做生意之理做生意吧。去年全国女子篮球联赛，有一场比赛在离终场三十七秒时，两队大显神通，各自向本队球篮投中一球，争着将胜利奉献给对手。这不妨称之为不以赛球之理赛球。此外，卖东西不按质论价，而是按"职"论价（买主职务越高，价格越低）；用人不以德才为标准，而以"关系"

为取舍，论事不按道理衡是非，而依风向定正误，如此等等，时有所闻。此皆不按棋理下棋之类也。

不按棋理下棋，说明棋品不端；棋品不端，说明人品有亏。今天我们如果让那种不按事物本身固有之理（即规律）去办事的现象孳生繁衍起来，那就可忧了。

愿人们都按棋理下棋，按做人之理做人。

1987 年 5 月 3 日

是非经

　　据传某乙善断是非，任何问题，均能化繁为简，化难为易，正误立决，且正撰写《是非经》一书。心以为奇，乃前往觇之，果然。唯其评定是非之标准及方法颇异于吾人，且时亦陷于窘境，似其术尚有未精者。爰记录其有关对话三则，以供世人研究焉，于中或亦可窥其《是非经》之大略。

一

　　甲：有人说这话是谬论。请评论一下，它到底是正确的还是错误的？

　　乙：首先要弄清楚，这话是谁说的？

　　甲：考茨基说的。

　　乙：考茨基是有名的修正主义者，他的话自然是错的。

　　丙：这样下结论似乎简单了些。不过我同意乙的看法，因为我知道这话是考茨基成为修正主义分子以后说的。

甲：但据我所知，当考茨基还是马克思主义者的时候，他也曾说过这样的话。

丙：这就有点难办了。

乙：这有何难?! 盖棺论定，既然考茨基最终堕落成了修正主义者，他就全盘皆错。

甲：有人说，这话恩格斯也说过呢!

乙：这绝对不可能。即使恩格斯也说过，其含义也肯定不一样，在恩格斯笔下是真理，而到了考茨基嘴里必成谬误。

二

甲：对这问题，A 主张……，而 B 表示反对。你说他们谁的意见正确？

乙：请问 A 是干什么的？

甲：他是位处长。

乙：那可以肯定他的意见是正确的，因为我认识 B，他只是个技术员。

甲：但 B 最近已被提升为一家大厂的厂长了。

乙：消息可靠吗？

甲：绝对可靠，他已走马上任。

乙：那我得调查一下，看看 B 当厂长的那家工厂是属什么级别的，然后才能发表意见。

甲：好吧，不过你的调查工作得抓紧一点。时间长了，说不定 A 已升任了司长，或者被免除了处长，也可能离休了。

三

甲：最近看到 C 和 D 关于××问题的论战，你能不能裁定一下他们谁是谁非？

乙：当然可以。不过要请先介绍一下他们的有关情况。

甲：C 是个美国人……

乙：那可以肯定他是对的。要知道，美国比我们要先进。

甲：但 D 也是一个美国人。

乙：啊！那么他们在美国学术界各处于何种地位？

甲：不幸得很，他们的地位可以说完全相等，都是有名的教授，都出版过许多著作，而且资历也差不多。

乙：这也难不住我。他们对我国的态度如何？

甲：C 曾经攻击过我们。

乙：好！这就可以断定他的主张必然是错的。

甲：不过他说的是我们"文化大革命"搞糟了，而且，他现在赞扬我们 1979 年之后的路线政策。

乙：是这样！那么 D 的表现总不会也是半斤
八两吧！

甲：我还没有见到他发表过什么有关言论。
这些对于判定他们争论的那个问题，很重要吗？

乙：绝对重要。情况明，才能下结论。请你
把情况进一步弄清楚，我再表态。

【原载 1987 年 7 月 20 日《北京日报》】

有数不如无数

　　孙悟空大圣有根"如意金箍棒"，只要他说声"大"，它就大，直至上抵三十三重天，下到十八层地狱；如果他说声"小"，它也能小到像根绣花针，藏在耳朵里，真正是神奇。

　　忽然想起《西游记》里的这个情节，是由于几条有关统计数字的消息的引发。

　　有人看到某乡政府存档的1986年工农业总产值的统计表上，有着红蓝两色笔迹。请教了一下，乡文书倒也坦率：蓝色是村社上报的数字，乡里一看，没有达到与县里签订的责任书上所规定的指标，便让文书加以修改，于是任务完成，政绩斐然，奖金也到手。那红色便是修改的见证。

　　比这个乡的领导人更高明而富有预见的，是某市经委主任。他不待下面上报，就自拟了一张利润清单（自然以完成任务为原则），让所属企业的厂长、经理、会计照数填写，签字上报。

　　也有闹了点笑话的，某单位先是嫌下面所报总产值数字太小，要求增加，但汇总起来一看，又觉太多了，于来年制定计划或有不利，只好再令酌减，才终于合乎规格。

看来现代孙悟空可真不少，在他们手里，什么统计数字都不过是"叫它大就大"，"叫它小就小"的"金箍棒"。孙悟空的能耐是靠了多年修炼而成的，而现代大圣的法术，似乎只要在官场上滚几滚就能掌握。孙悟空的能耐令人羡慕，而现代大圣的法术却使人不寒而栗。

历史发展到今天，统计数字的重要意义，已用不着说明，我们讲决策的民主化、科学化，但如果依据的统计数字是虚假的、夸大的，那么一切的讨论、论证、争辩、决定，都不过如同沙上建塔。看起来很不错的方针、方案、措施，很可能经不起一阵风雨的吹打，便立刻倒坍。

数学没有生命，似乎可以像棋盘上的棋子一样任人摆布，但你随意玩弄它，它会报复你。打仗，它会让你人头落地，搞经济，它会让你民穷财尽。即使你权重如山，威震朝野，它一点也不买账，照样弄得你出乖露丑。1958年及其后那几年假数字与高指标互为因果，轮番上窜，以及由此造成的后果，已足够说明问题，有过一首民谣："亩产万斤假丰收，家家火灭沮暗流。人肩当着天梯上，坟上筑起升官楼。"当年收入《红旗歌谣》的那些"民谣"，今天已只能作为浮夸风的历史见证，而这一首，酸"甜"苦辣咸五味俱全，值得千古吟诵和体味。假药能害人，而假数字，不但害人而且祸国。

虚假的统计数字的出现常常不被发现，多半由于种种并不崇高甚至相当卑劣的需要，例如证明自己的正确，宣扬自己的政绩，赢得上级的信任，以至捞一笔奖金什么的，一个正直的人，在上报数字的时候，只能一是一，二是二。一个清醒的领导者，对于下面报上来的数字，也决不那么容易"上当受骗"。马克思主义讲唯物主义，讲实事求是。如看一个人自称是马克思主义的信徒，却又喜欢在统计数字上弄虚作假，那就真的应了老祖宗的一句话：我播下的是龙种，而收获的是跳蚤。

心中有数是好事，但如果那数字是虚假的，那就——"有数"不如无数。心中无数，可以通过认真严肃的调查统计，达到有数；而心中塞满了虚假的数字却只能使人发昏。

现在讲改革，我以为彻底革除那些虚假浮夸之风，树立实事求是的作风，其意义也许不在革除贪污腐败、树立为政清廉的风气之下。

【原载 1988 年第 2 期《杂文家》】

叶公魂归以后

作为一个古代人物，叶公子高的知名度，在当代要算比较高的。人们茶余饭后，评人论事，便常常要提到这位两千多年以前的楚国贵族。有人以为这与毛泽东同志的引用有关，他在《湖南农民运动考察报告》一文中，批评当时的某种人："嘴里天天说'唤起民众'，民众起来了又害怕得要死，这和叶公好龙有什么两样!"坦白地说，我之得知这位子高先生的尊名及其行事，便是始于那篇文章，所以，此说不无道理。

但细想起来，叶公之广为人知并常常被人道及，既非取决于他当时的行事，也不完全是由于某个领袖人物的引用所致，而主要因为他仍然活在现实中间，或者说他的幽灵仍然附着在我们许多人（不排除我自己）的身上。也许可以说，叶公的形象虽远不及鲁迅先生笔下的阿 Q 丰满生动，但就其反映我国国民性的弱点而言，也与阿 Q 一样，具有典型意义。

远一点的事，不必提了，只看眼前的事实。

倡言改革开放，几乎人人赞成，但一旦破除旧规，而外来的东西蜂拥而至，有人就蹙额皱眉，惊呼大势不好。鼓吹竞争，口若悬河，而真的竞争来了，"铁交椅"受到威胁，又有人连呼可怕。号召人们各抒己见，畅所欲言，人们果真七嘴八舌讲起心里话来了，就有人觉得耳膜被刺得难受，说是简直乱了套。听说要讲透明度，公开化了，也跟着高喊，待到人们真的把窗帘拉开了一角，有人便觉得太不安全。协商对话是个好办法，一时纷纷实行，但真的对起话来，有人发现终究不如训话愉快而不再提及……"叶公非好龙也，好夫似龙而非龙者也"，这句话，真不知道尽了今天多少人的心态！前人创造的典型形象，所以具有久远的生命力，只是因为现实世界中，仍然存在并繁衍着他们的子孙，这大概是个规律。

不过平心而论，叶公看到天龙突然降临，立刻吓得"失其魂魄，五色无主"，虽然相当可笑，却并不怎样可恶。龙这东西，到底是何等模样，原来叶公并未见过，猝然之间看到那真家伙，并非如自己平日想象中的那样温柔婉顺，可供玩赏，以致心慌神乱，仓皇失措。这只是反映了主观臆想与客观实际之间的巨大矛盾和强烈反差，属于人情之常，不同于有意作伪欺人，难于苛责。

真正的问题，是在叶公魂兮归来，惊魂复定，神志清醒以后的态度和行为如何。可惜无论子张先生或刘向先生均未道及。不过以今例古，猜想起来，大概不外乎三种。

一种是他由此认识到原来自己所爱者，只是传说和想象中的龙，而并非真龙，因此，颇羞愧于自己的无知和主观。但他不想就此改变好龙的初衷，进而仔细观察真龙的雄姿，了解真龙的习性，发现这真龙比他画了满屋子的假龙更雄伟壮观，且能治水抗旱，有益于世而无害于人。终于与其朝夕相处，结为友好，并不时乘龙遨游天地之间，仰观天象，俯察人情，使其及时行雨，造福人间，而自己也领略到无穷之乐趣。

一种是越想越觉得真龙的可怕，而它之降临，实属咎由自取，很后悔不该自命好龙，到处画龙。于是，他公开申明，龙乃不祥之物，毫无可爱之处，从此不再好龙，并命人将已画之龙一概涂削干净。

再一种是宣布那真龙实为冒牌野种，或妖魔所变，意在残民噬人；只有他家中所画之龙才是真正的龙。一面命人操刀执斧，盘马弯弓，射天龙之头而断其尾；一面继续到处画龙，甚至在自己的胸前背后、臂上腿部也刺了许多龙，继续以好龙之老大自命，并以此炫耀于世。

三种态度中，第一种体现了一种修正错误、

追求真理的精神，可钦可敬；第二种虽不足取，却也还算老实；惟这第三种，盗名欺世，居心险恶，手段卑劣，是既可鄙而又可怕的。历史上的叶公到底采取了何种态度，已不可考，但今之叶公何去何从，却是可以自己选择的。

【原载 1988 年 8 月 27 日《人民日报》】

海内何妨存异己

　　诗人邵燕祥，于 1986 年在美国与台湾同道王拓先生相遇，曾赠以七律一首。中有一联："海内何妨存异己，人间难得是知音。"全诗今已不能记诵，但这两句却一直铭刻于心，而且每一忆及，辄多联想。

　　王勃《送杜少府之任蜀州》："海内存知己，天涯若比邻"，历来传为名句。王勃言"知己"，而邵燕祥此联则言及"异己"，特定情景不同，自各有千秋。但"海内何妨存异己"，却显得更睿智，更富哲理，更耐人寻味，且似为前人所罕言。

　　异，是个中性字，但与其它字结合为词，就涂上了是非褒贬的色彩。除"异才"、"异行"、"异彩"、"异能"等具有褒义外，其它则多含贬意或恶意。不忠贞谓之存异心。欲谋变谓之有异志。异端等同邪说，而异己，则大有非我族类之嫌，近于敌人了。所以，一旦谁被目为异己，就往往难被宽容。

　　抗战事起，国内各党各派，虽政见有异，主

张不同，但面临亡国灭种之祸，除少数的民族败类外，驱除日寇，恢复疆土，其心则一。惜乎有人视民主党派及非其嫡系者为异己力量，诸多排斥打击，甚至演成“千古奇冤，江南一叶”之悲剧。抗战胜利后，全国人民渴望和平建国，而蒋先生又蓄意消灭异己，终至燃起内战烽火。结果被迫踢处台湾一隅，并造成如今十亿同胞不团圆之局面。今日之事，如海峡两岸均能以“海内何妨存异己”之观念和气度处之，实不难解决。大陆倡言“一国两制”，实即求祖国统一之大同，存两种制度之大异，于双方均有益无损。国民党元老于右任先生《鸡鸣曲》：“福州鸡鸣，基隆可听，伊人隔岸，如何不应?”愿台湾朝野卓识之士，有以应之。

但“海内何妨存异己”，并非为“一国两制”做注脚，而自有其更为深广的意义，特别在思想认识领域里，尤为显著。它承认世界的多样性和人的认识的复杂性。它表示了对这种多样性、复杂性的现实态度和宽广胸怀。它包含着一种探索和追求真理的无私精神。

异己者未必便绝对相互排斥，有时还能相辅相成。不同的乐器，才能奏出美妙的交响乐。五味调和，才能烹制出美味佳肴。“若以水济水，谁能食之?若琴瑟之专一，谁能听之”?

异路可以同归，异曲可以同工。建设社会主义可以有多种模式。条条道路通罗马。

己未必是，异己者未必非。存异己，有时就意味着存真理。一味排斥异己，往往可能拒绝和扼杀了真理。

昔之异己者，今日为知己，昔之知己者，今日为异己。此类转化嬗变，世所常见。即以一个人自身言之，今日之我，可能异于昨日之我，明日之我，也可能异于今日之我。所以唯能够存异己者，才不致堵塞通往真理之道路。

"世俗之人皆喜人之同乎己，而恶人之异于己也。"不幸的是我们竟也常常不能免俗。马寅初力陈"新人口论"，梁思成主张保护北京古城，邓子恢反对合作社的过速发展，彭德怀不赞成大跃进，孙冶方强调企业要讲利润。以上诸公的高言谠论，当时都曾被视为异端，横遭批判。十年内乱中，排斥、打击、迫害思想上的异己者，更发展到登峰造极，甚至不惜利用血和火来达到目的。这些实际上不过是错误压制正确，谬误审判真理。其结果则是对异己的不宽容，导致了历史对不宽容者的不宽容，并殃及国家和人民。如今虽经拨乱反正，但"海内何妨异己"七字，仍值得人们经常记取。

自然，在思想领域里，既有异己的理论、观

点、主张存在，相互批评、辩驳、诘难、论争，就在所难免。这并不坏，它有助于弄清是非，发现真理。但精神世界的分岐，只有用精神的手段和力量才能解决。论争的双方，应该具有完全平等的地位，享有同样的权利。而且论争的作用，也有限度，最终还得经受时间和实践的检验。

世界是如此纷繁复杂，又是如此地日新月异，人类对于世界的认识，不可避免地呈现出千差万别。一种异己消除了，又会出现新的异己。异己现象，将是一个永恒的存在。从这个意义出发，我以为不妨说：人间理应存异己。

【原载 1988 年 11 月 16 日《人民日报·海外版》】

说 "教"

在一本杂志上，一些同志大声疾呼：恢复"身教重于言教"的传统。这自然是有感而发。在现实生活中，某些领导者，发起指示或者作起报告来，端正党风政风，反对腐败现象，为政清廉，艰苦奋斗，够得上激昂慷慨，大义凛然，而且谆谆教导，颇有诲人不倦之忱；但做起事来，对不起，却常常是自打嘴巴。对于这种言行相乖的丑态，人们以幽默的语言加以嘲讽："自己有病，叫别人吃药。"为了疗救这种社会病态，人们想起了那个传统，要求教育者以身作则。

身教重于言教，古人早有明训。所谓"其身正，不令而行；其身不正，虽令不行"，"君子以行言，小人以舌言"，此等名言，不一而足，足见我国从来就是个重教化的国家。但今天旧话重提，似乎还有再加审视的必要。

言教也好，身教也好，其着眼点都在一个"教"字。那么教者为谁，受教者又为谁？似乎有一个不成文的法则：领导者教育被领导者，大官教小官，小官教百姓。法家的祖师爷说过一句话：以吏为师。我们不这样说，但实际上却往往是这样看，这样做的，一旦为官，似乎也就立地成了教育家。但是，地位与真理，权力与品德，真的总能成正比吗？凡为领导，都有权充当教育者吗？事情并不这样简单。"文化大革命"中，人们受的教育可谓多矣。以阶级斗争为纲，阶级斗争要年年讲，月月讲，日日讲，是所谓路线教育。"文化大革命"形势不是小好，不是中好，而是大好；损失最小最小最小，而收获最大最大最大，是所谓形势教育。灵魂深处爆发革命，狠斗"私"字一闪念，是所谓思想教育。后来回头看，原来那些教导，竟充塞错误和荒谬。而某些"教育家"，一经败露，却原来是叛徒、反革命、妖魔鬼怪。人是要受教育的，接受生活的教育，也接受别人的教育，这才能认识世界，改造世界。但既没有天生的专门教育别人的圣人，也不可能依仗地位和权力便成为"教育家"。比较可行的是：承认不论大官、小官或平民百姓，人人都可以成为教育者，也应该成为受教育者。这就要看谁拥有真理和具备高尚的品德了。

至于说到身教重于言教，这自然是不错的。一个言则仁义道德，行则男盗女娼的人，是谈不上教育别人的。但言行一致，身体力行，以身作则，究竟是因为立身处世本应如此，还是为了对别人进行"身教"？我以为那出发点应该在于前者而非后者。自然，一个人（特别是领导者）处事正确，做人正派，境界高尚，品德优良，会对别人产生影响和感召，客观上起着"身教"的作用，但这只是一种自然的效应，所谓"桃李不言，下自成蹊"是也。如果把"身教"看成目的，而把那些美好的行为只当做一种手段，实际上是一种颠倒。其结果，不免要矫揉造作，压抑个性，时时规行矩步，惟恐一举手一投足有违于"教"人之义。不但生活将变得非常沉重和劳累，弄不好还会装点掩饰，弄虚作伪，形成双重人格，终于依然坠入身心乖离的境地。人总是不完美的。我们不断追求完美，但不必为了"身教"而掩饰那不完美。"清水出芙蓉，天然去雕饰"，其庶几乎?!

【原载 1989 年 2 月 27 日《北京日报》】

大　佛

　　四川乐山大佛，久闻盛名，惜无缘一见。在职时不懂得利用方便，前往一游，而今已离职告老，千里迢迢，关河阻隔，有心而无力矣。幸有文字可考，有图像可见，尚能稍稍领略其风采。"头与山齐，脚踏大江，通高七十一米"，"耳朵中间，可并立二人，赤脚上可围坐百余人"……实在是巍哉伟哉！

　　但人们在欣赏赞叹之余，对于我佛似时有不恭之想。几年前，读袁第锐先生诗《乐山大佛》：

　　　凌云谁似此山高，
　　　不为狂潮一折腰。
　　　四化双番多少事，
　　　如君闲坐应无聊。

　　欲抑先扬，信是好诗。近又读廖意林先生《大佛》，诗也不错，却通篇是语含讥讽了。摘录几句：

　　　可叹你占尽人间风景
　　　却从不问人间疾苦

> 敢在太阳底下掏心见肺吗
>
> 有的只是石头的冰冷麻木
>
> 千年的上乘坐功
>
> 练就一尊神圣的废物

两诗责佛，意在刺人，明眼人一看便知。面对人间疾苦，四化大业，漠然端坐，无动于衷，该骂该骂！但仔细想来，又觉得如大佛者亦有可爱之处，未可全非。

它一不索贿受赂，舞弊营私；二不大吃大喝，糟蹋民脂民膏；三不违法徇情，包庇亲朋；四不拉帮结伙，任人唯亲；五不利用权力，投机倒把；六不公款旅行，游山玩水；七不摧残民主，践踏法律；八不作威作福，打击报复。有此"八不"，较之某些公仆，大佛岂不可爱得多?!

不但如此，它也不信口开河，乱发号令；不搞"首长工程"，"条子项目"；不巧立名目，借题扰民。什么"吃喝"检查团，"浪费"评比会，"铺张"开幕式，"无聊"发奖会，它既不组织，亦不参加。它懂得爱惜财力、物力、人力。较之某些公仆，大佛岂不又可爱得多?!

清人纪晓岚《阅微草堂笔记》卷一载：一官死后，自称生前所至但饮一杯水，无愧于鬼神。阎王哂之曰："但不要钱即为好官，植木偶于堂，并水不饮，不更胜公乎?"官辩之曰："某虽无功，亦无罪。"阎王又责之曰："无功即有罪矣。"阎王所说，义正辞严，无可非议，只是在那个时代，不免要求过高，有些脱离实际了。纪晓岚久居官场，其中情形，并不隔膜，所以他又借阎王之口，为之开脱："平心而论，要是三四等好官，来生尚不失冠带。"但这样一来，实际上却变成"无过即有功"了。

　　也许是营私肥己和生事扰民之官太多了，即使在今天，"无过即有功"，亦不失为衡量公仆的一个标准。君不见，但凡不受贿，不吃请，不扰民，不弄权，即可得群众称道，报纸表扬乎？以是观之，大佛之双目微闭，悠然端坐，亦可颂也。于是作《大佛颂》，辞曰："……

　　颂辞未毕，忽闻有声来自空中，翘首以望，但见祥云冉冉处，大佛微含怒意，责我曰："小子狂妄！今之既能清廉自守，而又能热心为民谋福利者岂乏人哉！汝欲颂之，当颂若辈。无端颂我，固不敢当，而辱及天下之官，罪哉罪哉！"于是憬然而悟，悚然汗出，不再为大佛作颂辞，并将此文原题《大佛颂》，删去"颂"字，仅题为《大佛》。

【原载 1989 年 3 月 3 日《大公报》】

惭　愧

汪东林同志的《梁漱溟问答录》出版了，它受到海内外读者的欢迎。拿了梁先生的那种认真研究、独立思考的精神，勇于直言、说真话不说假话的精神，面对强大压力而坚持"三军可夺帅也，匹夫不可夺志"的精神，进行对照，自愧相距甚远。但除此之外，还另有一层惭愧在。

本书"后记"中有这样几句话："《人物》杂志社的谢云……诸同志，他们在审原稿后，决定破例在刊物上长篇选载"。并表示感谢。正是这几句话，使我如芒刺在背，汗颜无地。

平心而论，对于在《人物》上连载《梁漱溟问答录》一事，我确实表现过热心。但连载到第七章时，一读原稿，却来了满腹心事。这一章是追述1953年梁先生遭受严厉批判情况的。当时一方面深深为梁先生那种直抒己见，不为高压所慑，不为众口所屈的人格力量所感动，并同情他所蒙受的不公正遭遇。以为只要事实可靠，应该公之于众；一方面又因为牵涉到毛泽东等中央领导人和许多民主党派的知名人士，感到事关重大。虽然梁先生在答问中采取了律己态度和宽容精神，但毕竟说出了事实真相，担心发表出来，会不会产生意想不到的后果，并因而受到指斥，因此不免有所犹豫。当时的心情，可以用两句话来概括：舍之不甘，用则不安。

正在这时候，反对资产阶级自由化之风平地卷起，而且来势迅猛。耳闻目睹，一些报刊因发表了某一篇或某几篇被认为不合时宜或有错误的文章，遭到了停刊整顿的处理或迟迟不予重新登记，这就更增加了顾虑。以为在这种捉摸不定的气氛中，万一处理不慎，不但个人要受到责难，而且可能危及刊物的命运。思之再三，觉得还是小心为是，于是决定：暂时中断连载，以观事态发展，就这样，原稿压在了编辑部，形同软禁。

过了一段时间，反自由化并未如想象的那样发展下去，气候正逐渐趋向正常。于是旧事重提，《梁漱溟问答录》是否应该继续连载下去？此时我因年龄过线，离开了工作岗位，但由于历史渊源，编辑部同志仍就此事征询我的意见。不幸的是我原有的顾虑未消，因反自由化而产生的余悸犹存，竟对发表第七章表示了消极态度，结果终于未能刊出。细心的读者，翻检当年的《人物》杂志，当会发现，《梁漱溟问答录》虽恢复了连载，却缺了这重要的一章。此事虽非由我决定，但我起了促退作用，却是无可推卸的。不久发现，《文汇月刊》已将这一章的内容，以另一种形式和盘托出，始嗒然若失。至今思之，深觉有负于梁老先生，有负于作者，有负于读者。

反省自己在处理此事中的失误，简言之，是缺乏像《文汇月刊》编辑那样的胆识。具体地说，原因大致有三：一是仍有为尊者讳的思想作怪；二是对新时期出现的新气候、新局面估计不足，"贾桂思想"犹存；三是考虑个人得失的孽根未除。悟以往之不谏，知来者之可追。写了这些话，既以自责，亦以自励。至于有关领导者是否也能从区区一个编者的如此心态中，体会到什么，以推动出版的健康发展，那就非我所能知之了。

【原载 1989 年 3 月 12 日《新民晚报》】

从隐私权说到"隐公权"

　　说中国人的个人隐私往往受不到应有的尊重，这大概是个无法否定的事实。据报告文学《强国梦》援引一位运动员的话：在运动队，有的教练拆看队员的信件，并认为是管理运动员的一个招儿。我国宪法庄严地赋予人们的通信自由的权利，尚不能完全得到保证，还论什么未见诸法律的隐私权？看来要真正形成尊重别人隐私的观念和风气，还得有个过程。

　　但如果以为在中国，任何人的个人隐私都一概得不到保护，恐怕也不合乎实际，这要看有关人物的身份、地位、权力如何。例如两个普通男女之间有了某种暧昧关系的形迹，人们不但会暗暗地去窥视、侦察、议论，甚至还光明正大地去追查和审问，闹得沸沸扬扬。但如果其中有一方是个有地位和权势的人，那就会是另一种情况。即使那关系丑恶不堪，也要千方百计加以掩盖，禁止人们传播，以防"扩散"。理由呢，自然是有的，叫做维护领导的形象和威信。至于高墙大院，门禁森严，那里面的隐私，即使有人想要窥视，更是势不可能。看来在这方面人人也并不平等：隐私权的有无与大小，常常与当事者的地位和权力成正比。

在1988年举行的美国总统大选中，民主党的哈特，据说原本很有希望得到党内提名的，后来因为被记者先生揭出了风流韵事，而且证据确凿，终于被迫放弃角逐。这曾使我迷惑不解：在强调尊重个人隐私的美国，何以政界头面人物的个人隐私，竟如此得不到保护？近读一位驻美记者的文章，才知道美国人另有一种观念，以为这些人势大权重，揭他们的隐私，算不得不道德。看来那边在这个问题上也并非一律平等：越是大人物，其隐私权越得不到保障。

美国人的这种观念和风气，我不想加以评论，更无意于拿了美国的尺子来度量中国的事情。但由此却使我联想起另一个问题：中国有地位和权势的人物，不但通常有着普通人所缺少的隐私权，而且还有着相当大的"隐公权"（恕我杜撰了这个词语）。在"文化大革命"中，堂堂共和国的主席刘少奇的遭遇，对亿万中国人来说，很长时间还是个谜。直到粉碎"四人帮"以后，才得知他老人家早已被迫害致死，连火化时也未能用自己的名字。不幸的是，这种"隐公权"的存在并非始于"文化大革命"。在"大跃进"的豪迈歌声中，某省当时曾有许多人死于饥饿，这事实也是近几年才陆续透露出来的。按说在我国，人民是主人，而各级领导者只是公仆，领导者"隐公权"（不包括应当保守的机密）的存在，只能是公仆对主人的僭越和嘲弄。

"隐公"的办法，自然是多种多样，各显神通。有的是用十八层铁板掩住盖住，一点不露，好像世界上根本没有发生那件事；有的是示人以假象，而将真相隐住，但也有笨拙得可以的。1988年3月间，甘肃《武威报》报道了武威市部分人民代表在一次座谈会上的发言纪要。武威地委竟决定：扣发尚未发出的报纸，已发出的全部收回。其实类似事件并不止这一桩。1987年3月间，佳木斯的《三江日报》披露了该市一家医院的血库主任用污染血、过期血毒害病人的罪行，省里的有关部门竟严加斥责，并下令收回报纸。与"武威事件"不同的是，这种指斥和命令曾受到报社的正当抵制。这种事，是不是我国的特产，不好说，至少在世界上罕见就是了。

两千多年以前，有个姓孔名丘的人说过一句话："民可使由之，不可使知之"，于是他被斥为愚民政策的祖师爷。这大概是咎由自取，罪有应得吧！具有讽刺意味的是：正当江青之流摇唇鼓舌，怒斥孔老二之际，却正是他们手遮天下人耳目，大搞愚民政策之时。不妨歪借古人的两句诗："此中有真意，欲辩已忘言。"

历史总是在前进。中共十三次代表大会提出：要增加政治生活的透明度，"重大情况要让人民知道"。人们已经隐隐听到了"隐公权"的丧钟，但要真正把"隐公权"彻底埋葬，大概还需要相当漫长的历程和艰苦的努力。不但"隐公权"的存在在我国有悠久的历史，人们的传统观点难于很快改变，而且那透明度的"度"如何掌握，由谁来掌握，仍然是个有待解决的问题。这里再借用当代诗人邵燕祥的几句话：

还要铸造更多的金钥匙，

因为历史的沉重的闸门，

至今没有完全打开。

【原载 1989 年第 3 期《随笔》】

赠君一法防"被淹"

　　自从谢军与齐布尔达尼泽的"世纪大战"打响以后，我这个国际象棋的门外汉就几乎一场不落地注视战报。终于这位二十一岁的中国姑娘，以"世纪棋后"的身份载誉归来了，自然我也像其他许多人一样心情激动。但从电视荧屏上看到谢军那副单纯得近于天真的脸和一些有关她的报道以后，心里却不免升起了几缕忧思，几分担心，因为我忽然想起了有关聂卫平的一些事。

　　大概在四五月间吧，有记者问聂卫平："你有多少编外职务，二十，三十？"聂答："哪里，一百多个！连气功协会的都有。"聂卫平还说："什么活动都要我去挂名，去当顾问，我只能抽空在脑子里摆摆棋。"一位"棋圣"只能"抽空在脑子里摆摆棋"，不说可悲，也是一种不幸吧！但事隔半年多，又在报上读到聂卫平的诉苦："被人称为跑龙套的活动太多了"，"大量时间就花在应酬上"，"如果每天不能保证我三个小时是属于围棋的，那么对提高棋艺是不利的"。看来情况并没有多少改善。

俗话有云：拳不离手，曲不离口。这是经验之谈。又有句话：学如逆水行舟，不进则退。这也是经验之谈。聂卫平近年来在各种围棋战中，战绩似乎不尽如人意。这也许是由于人才竞出，新秀纷呈，属可喜可贺之事，但如果能让聂卫平有更多时间去从事棋艺呢，我想情况也许会有所不同，即使是大势所趋，依然只能如此，至少在关注老聂的人们中和他自己心里，总会少一份遗憾吧！

记不起是谁的诗句了："从来山与人相似，一到成名处处佳。"人一成名，是否真的便处处佳、事事能，不说也明白；但人一成名，便有了利用的价值，却是千真万确的。于是便有一些人请名人来任顾问、理事等名誉职务，名曰看重你、热爱你，说穿了，有些先生其实是看重你可资利用的价值，热爱你能给他带来的利益，如此而已。

自然出于真心的也有。但最好把那份真诚的尊重和热爱之情，存在心里，或化为亲切的目光。即使无力创造一个为名人继续从事专业研究的环境，至少也不要去干扰他。

至于跑龙套，社会大概也像戏台一样，总得有这种角色。但让聂卫平这样的人去充任，总是用非其才，未必能让导演们称心如意吧！现在社会上，既有名而又乐于跑龙套，并精于跑龙套者，并不乏人，最好还是请那些老手再多出些力。虽然有些角儿因为扮相欠佳而又出场太多，人们有点厌烦，但龙套毕竟只是龙套，似乎也可不必苛求。

社会上有人要名人去跑龙套是一个问题，名人们自己愿不愿意，也是一个问题。我相信绝大多数名人是厌恶那些无聊的应酬和并不真正荣誉的荣誉头衔的，但他们有个盛情难却、尊命难违的难处。如果是这样，我倒可以奉献一个办法。有一位名叫弗朗西斯·克里克的美国科学家，在获得了诺贝尔奖以后，自己设计了一种通用的"谢绝书"，其词曰：

"克里克博士对来函表示感谢，但十分遗憾，他不能应您的盛情邀请而给您签名 赠送相片 为您治病 接受采访 发表广播谈话 在电视中露面 赴宴会 作演讲 充当证人 为您的事业出力 阅读您的文稿 作一次报告 参加会议担任主席 充当编辑写一本书 接受名誉学位。"

也许太绝了，也许不这样绝就不起作用，谁知道呢！不过我国如果真有哪位名人采取了此法，怕是免不了要挨骂的，但我想可以肯定，骂声不如赞声高。更何况还有句名言："走自己的路，让别人去说吧！"对人才的摧残历来有种种方法：

压杀法，骂杀法，捧杀法，现在似乎又有了新的方法——淹杀法，让名人泡在职务、应酬的海洋里挣扎，终至耗尽了才能，只剩下了名人的空壳。

再回到谢军身上，不管她"棋后"的桂冠究竟能戴多久，但愿社会真正爱护她，而她自己也能学会保护自己——保护为祖国继续争得荣誉的能力。

【原载 1991 年 12 月 15 日《解放日报》】

从宋振庭念白字说起

　　已故原中共中央党校教育长宋振庭，是一位
靠自学成才而学识渊博、并具有多方面才艺的同
志，素为我所钦佩。最近，读《宋振庭人生漫语
录》，才知道他还有件在大庭广众之中出洋相的
事。

　　这件事是他辞世前不久，自己主动向《漫语
录》的作者讲的。他说，"造诣"这个词，他是懂
得的，也会运用，却一直把"诣"读做"旨"。听
起来如同"造纸"。后来一位教授给他指了出来，
他才明白自己"在大会上老是'造纸造纸'的
'造'了很多年"。他非常感激这位教授，并让这
事传了出去。结果影响很好，"无形中增加了许
多老师"。

　　中国汉字的读音比较复杂。没有受到科班训
练而又不以汉语教学为业的人，一生中念几个白
字并算不得十分丢人。我自己也有过"望形生音"
结果念了白字的经验。但念白字总是不大好，所
以，遇到不确切知道其读音的字，查查字典或请

教一下别人，而不去想当然，还是很必要的。但这里提到这件事，用意并不在此，我是被宋振庭的那种勇于把这件"丑"事公开捅了出来的坦荡襟怀所感动了。

由这，我又想起了夏衍同志的两件事来。有一次，和吴晗、翦伯赞谈到朱元璋时，说了一句外行话，被吴晗当场损了几句："你还当文化部长呢，这一点都不懂！"另一次，是在看一场出国京戏时也讲了一句外行话，马彦祥便跟他说："你老兄对京剧完全是外行，不要乱讲好不好？！"对这些，夏公没有生气，而是更加发愤学习。被吴晗损了以后，他决定每天抽一个钟头阅读"二十四史"和《资治通鉴》；受到马彦祥批评后，他买了一大堆有关中国戏剧发展史的书来读，并向老艺人请教。这两件事，也是夏公在一篇文章中自行公之于众的。夏公这种不怕露短、发奋求知的精神，也使我对他更增添了敬意。

宋振庭"造纸"造了不止一年，却没人给他指出来，因为他当时是个不小的官儿，人们有顾虑。后来，那位教授指出来了，则是因为他们熟了，知道他没有架子。夏公的外行话刚一出口，马上就被告知了，因为他有吴、马那样的挚友。由此看出一个人，特别是那些领导者，能不能及时发现自己的失误，与他平时的作风如何关系不小。

韩羽同志写过一篇《官衣》，说是演员平时与大家在一起说说笑笑，没啥隔阂，可一穿上官衣，"脸绷得紧了，腰板硬了，撇腔拿调，直想训人，大摇大摆，架子十足，一句话，凛然不可侵犯"。演员演戏，穿上官衣，便俨然是官，举止神态，自不得不尔。但生活中，官衣一着，便凛然不可侵犯起来，官做得越大，架子也就摆得越大的人，也并不鲜见。这种人念了白字，说了错话，闹了笑话，出了洋相，常常长期茫然不能自知，因为他那张脸，早已拒人于千里之外，人们明知他在出乖露丑，却或不敢、或不愿、或不屑给他指出来，结果，他在台上昂昂然高谈阔论，而群众则在台下窃笑和讥议，直到有一天官衣穿不成了，这才成为人们茶余酒后的公开谈资。这实在是很可悲的。

官架子之为害，大矣哉！这里所说，其小者焉。

【原载 1992 年第 3 期《探索与求是》】

孟子的厄运

读《孔庙"四配"和"十二哲"》，很长了点知识，由此也想起了孟子身后的一些事。

孟子虽然只是"四配"之一，但历来"孔孟"并称，在儒家的座次上，居于第二把交椅，地位远在颜渊、曾参、子思之上。不过，他身后也遭受过一些批评。后汉王充有《刺孟》，宋代何涉有《删孟》。前者见《论衡》，自有其道理；后者我未读过，不知其详。

但以上各种，都属于学者的评议，其间虽有是非可辨，但见仁见智，亦无所不可。孟子真正倒霉，是遇到了明代的开国之君朱元璋，据说在洪武三年（全祖望说是洪武二年），"上读《孟子》，怪其对君不逊，怒曰：'使此老在今日，宁得免耶？'"恨恨之意，如闻其声。只是孟子早已作古，杀他不得，于是，下令罢孟子配享，逐出孔庙。而且宣告不许臣下有异议。"诏有谏者以大不敬论。"但为时不久，又收回成命，恢复了孟子的配享。为什么出尔反尔，其说有二，《明史·钱唐传》说：当时身为礼部尚书的钱唐"抗疏入谏曰：'臣为孟轲死，死有余荣。'时廷臣无不为唐危，帝鉴其诚恳，不之罪。孟子配享亦旋复。"据说钱唐不但冒死抗争，还曾"卧棺绝粒"，以示决心。总之，是朱元璋受到了臣下的感动。另据全祖望引《典故辑遗》，则说是在朱元璋下令罢孟子配享后，"明日，司天奏文星暗。上曰：'殆孟子故耶？'命复之。"这就是朱元璋慑于天怒了。很有可能"文星暗"云云，也是臣下反对罢孟子配享的一种计谋。因为人们知道皇帝对臣下虽可任意暴虐，对天却是十分敬畏的。不管朱元璋出于何种考虑，孟老夫子总是又能吃上冷猪肉了。

但是朱元璋对孟子的厌恶和嫉恨并未消失。到了洪武二十七年（1394 年），他下令让八十二岁的刘三吾对《孟子》一书大动手术，共删除了八十五条，只保留了一百七十余条，弄成了一本《孟子节文》，"自今八十五条之内，课士不以命题，科举不以取士"。被阉割掉的究竟是些什么内容呢？现代学人容肇祖先生曾做过介绍。举其要者，如"民为贵，社稷次之，君为轻"，"君之视臣如手足，则臣视君如腹心；君之视臣如犬马，则臣视君如国人；君之视臣如土芥，则臣视君如寇仇"，"闻诛一夫纣矣，未闻弑君也"，"君有大过则谏，反复之而不听，则易位"，如此等等。在朱元璋看来，君可以胡作非为，无恶不作，而臣民只能一律俯首听命，高呼皇恩浩荡，这才合乎正道。而什么民贵君轻，君无道可以抛弃或更换他，以至对君提点要求等具有民本色彩的观点，都属危险思想，统统要不得，统统应该删除。对于如此割裂《孟子》，当时也曾有人反对，怒斥刘三吾为佞臣，但未起作用。

朱元璋出身穷苦，识字不多，想来在领导农民起义时未必读过《孟子》。如果当时有人把《孟子》书中被删掉的那些话读给他听，他肯定会击节赞赏，大加宣扬，以充当他造反的理论根据。后来做了皇帝，同是那些话，却觉得可恶而且可怕了。正是此一时也，彼一时也，地位一变，想法也随之改变，什么理论和原则，原不过是为争取和巩固权力服务的工具而已。

但《孟子》虽被朱元璋用权力的刀剪横施裁割，《孟子节文》却似乎终于未能流传。有关情况及其原因，笔者略无所知，猜想起来，可能与中国皇帝历来虽握有至高无上的政治权力，却从未能充当过儒教教主，因而缺乏学术权威有关。然乎？不然乎？祈博雅君子有以教之。

孟子至今仍站在孔子身旁，陪同受祭，《孟子》全文也仍在流传，而且正是那些被删的内容受到了赞扬，而朱元璋皇帝的那些动作却遭到人们的讥议，历史总是这样会开玩笑。

【原载 1992 年 8 月 22 日《新民晚报》】

两滴泪水

　　有点事去找一位过去的同事，这是一位女同志。大概由于怕我找不到地方，她在所住的大院子的门口等我。虽然体态、脸型大体保持了当年的模样，使我忆起她少女时代的美丽端庄，但头上的几缕银丝终究说明了岁月的无情。

　　正事谈完，便聊起昔日共事的朋友和一些往事。彼此虽同住一个城市，却很多年没有见面，又都已步入老年，怀旧之情是难免的。闲谈中，我忽然想起了与她有关而多年来自己一直歉然于心的一件事来。那是五十年代末期，我是她工作部门的领导者之一，决定要她陪一个外国代表团去上海。记不清是她主动提出想顺便回家（在上海）去看看父母，还是我估计她到了上海可能会抽空回家探望一下，总之为这事我曾跟她进行过一次严肃而艰难的谈话。具体内容已记不清，但那中心意思却极明确，就是要她打消回家看望父母的念头，而唯一的原因就是她的父亲当时已被划为右派。尽管我并没有用命令的口吻，而是用了各种大道理、小道理去进行劝说，但态度却极其坚决。开始，她还不时申述一点理由或者提出某种保证，后来就只是静静地听着。经过长时间的沉默以后，她终于吐出一句话："我照你说的做。"但随即从眼眶中落下了两滴泪水。这显然是经过激烈的内心斗争，并强忍了很久，而终于忍不住才流出来的痛苦之泪。当时我虽然因说服成功而感到宽慰，但那两滴泪水像烧红的铁珠，一直，一直烧灼着我的心。我也是个有血有肉有情感的人，能体会到那两滴泪水中所蕴含的全部感情。

　　说不清是不是，或者有多少是出于赎罪的心理，这次闲谈中，我禁不住问她："你还记得那年我不让你看望你父亲的事吗？"她先是一怔，然后平静地说："这怎么能忘记呢？！我后来是照着你说的做的。"过了一会儿，她反问我："你也还记得吗？"我说："我这一生大概也是忘不了了。"然后是彼此无言，因为我实在不知说什么好。请她原谅？解释我当时实际上是为了她好……全都说不出口。倒是她又开口了："我了解你，我从来没有怨过你。"这次是我忍不住了，我感到有两滴泪水在自己的眼眶中滚动，但我不想让它掉出来，我用手背把它擦去了，我想那动作一定很笨拙。于是继续沉默。

又是她先开口了，带着微笑，她说她父母仍健在，都八十多岁了，身体还很好。最近她女儿曾利用暑假专程去上海探望两位老人。父亲心胸豁达，性格开朗，对她当年过家门而不入的事也早知道，却从未因此对女儿有过怨言。大概看出了我并未轻松起来，她主动地转换了话题。

晚间躺在床上，又想起了这件事。黑暗中眼前又晃动着她那两滴晶莹的泪水，我的眼中也又涌出了泪水，但这次我没有用手去擦，让它痛快地流到面颊上。我说不清自己的感情：是内疚？是惆怅？是时代的沧桑？是人情的温暖？终于我下床开灯，抻纸，提笔，写下了以上的文字。

【原载 1992 年 9 月 13 日《新民晚报》】

说"有"易，说"无"难

在早些年关于"人民性"问题的论争中，有人不同意用"人民性"这个概念，理由之一是毛泽东没有用过这一概念。

在"文化大革命"中，仅仅靠这样一个理由，大概就足以把"人民性"这一概念打成邪说，使其销声匿迹。那年头，人们说话写文章，都得字字有来历，句句有根据，这不足为怪。而在"真理标准"大讨论以后的今天，居然还以为前人没有用过某一概念，别人便不能用，不应该用，就不免显得可笑和荒唐了。

"一国两制"，前人用过吗？"社会主义市场经济"，前人用过吗？都没有。按照这种逻辑，这些提法岂非都无权存在而且应该受到批判了吗？人们的认识、理论、政策，岂非只能一仍旧章，永远不能发展了吗？而"一个党，一个国家，一个民族，如果一切从本本出发，思想僵化，迷信盛行，那它就不能前进，它的生机就停止了，就要亡党亡国！"（邓小平语）

此理甚明，不用多说。现在的问题是终于有人指出：毛泽东确实曾经使用过"人民性"这一概念。毛泽东的话就收在不久前出版的《毛泽东论文艺》增订本中。原来那是毛泽东在修改陆定一的一篇文章中添加进去的。以致人们以为那只是陆定一的话。可见即使"从本本出发"，也并非易事，弄不好可能会自己陷入窘境。

著名语言学家王力，年轻时就读于清华大学研究院，赵元任是该院教授之一，讲授音韵学。当时王力写过一篇文章《两粤音说》，并且在校刊上发表了，其中说两广语音里没有"撮口呼"（指韵头或韵腹是"ü"的发音）。后来赵元任去广州，发现广东话里其实是有"撮口呼"的，于是他指出了王力的失误，并感慨地对他说："说'有'易，说'无'难啊。"据说王力后来曾表示，这"说'有'易，说'无'难"六个字使他终身受益。看来断言毛泽东没有使用过"人民性"这一概念的人，显然也忽视了这个六字真言。

毛泽东的著作（包括各种形式），至今收入选集的只是极少的一部分，近年来通过其他各种形式，也出版了一部分。但所有这些，在他的全部著作中恐怕只是冰山露出水面的峰尖，那藏在水下从未面世的还不知要有多少倍。即使有人有条件读到一些从未发表过的文字，恐怕谁也不敢自以为已窥全豹。《马克思恩格斯全集》、《列宁全集》出版多年以后，又编出了多卷"补卷"，《鲁迅全集》几经增补，不久前还又发现了新的逸文。要把毛泽东著作这座巨大而深厚的矿藏全部开掘出来，与世人见面，决非短时间所能成功。囿于自己所见到的毛泽东的文字，便断言他没有说过什么，实在有点轻率和过于大胆。

毛泽东对于某些问题的看法、提法，也并非一成不变。有些话在最初发表的文字中是有的，但后来收入集子时却删去了。有些话在某个时期是这样说的，而在另外的时期却那样说了，甚至意思完全相反，这种情况也是存在的。只承认或强调他讲过的某一些话，而无视他讲过的另一些话，也算不得采取了科学态度。

"说'有'易，说'无'难"，只有六个字，而且出自一个非马克思主义的知识分子之口，但它确实是科学的。记住它，确实可以受益无穷，并不限于征引伟人、领袖、权威的言论，也不限于做学问。

报刊上常有这样的文字：某某人从来不说违心之言，某某人心里只装着人民群众，从没有想到过自己。作为文字语言，也许有其存在的权利，但叫起真来，恐怕是经不起考察和检验的。现在有的城市当局宣称要把自己管理的地方建设成

"无蝇城"，作为长远的目标，未始不可，但如果作为近期的行动口号，我担心很难兑现，因为只要一旦发现了一个苍蝇，那个"无"字便会立刻变成了"有"。

【原载 1993 年 3 月 20 日《广州青年报》】

乌啼三声

　　侧耳细听，总能在喜鹊的欢歌中，听到乌鸦的啼叫，在街头巷尾，在农村渔乡，在家庭餐桌上，在往来书信里，甚至在学习会中。兼听则明，兹谨以乌啼三声献于读者诸公之前。

（一）

　　早有俗语："有钱能使鬼推磨。"后有人改"鬼"为"神"，成"有钱能使神推磨"，表示钱的作用已升了级。最近又有人改"神"为"官"，成"有钱能使官推磨"，把钱的伟力从地下天上拉回到了人间。前两种说法，具象征意义，富有艺术性；后一种说法则完全写实，更能直抒胸臆，可谓各有千秋。

　　但也有人以为上述云云，不免长了钱的志气，灭了权的威风，实属片面，于是从另一面言之曰："有权能使鬼推磨"，或迳曰："有权能使钱下跪。"

看来权、钱俱有异常威力，两者既能相互交换，亦会互相争斗。究竟谁奴役谁，不可一概而论，大概得看权的大小与钱的多寡，以及各自运用之妙。

坚持原则，坚持法纪，自己的权再大，钱再多，决不乱用；别人的权再大，钱再多，也决不为其所乱用的人，总还是不少的。这世界不会只由权和钱来统治。但官威和钱臭的弥漫如毒雾，终不免使人感到窒息，特别当我们意识到自己是生活在新社会。

（二）

只要稍有记性，大概都会想起：十多年前，"不正之风"四字曾于不知不觉间飘然落到了报纸的版面上，而且一时间几乎每日必见。而置于这四个字前面的，则是"刹住"或"狠煞"，气势甚壮，大有灭此朝食之概。

曾几何时，不知不觉间"不正之风"已从报纸版面上逐渐消逝，代之而起的是另外四个字："腐败现象"。加在这四个字前面的字样也相应改变为"坚决制止"或"大力消除"，显得同样壮烈。

尘元先生曾说："语言中最活跃的因素——

语汇，常常最敏感地反映了社会生活和社会思想的变化。"那么上述变化，反映了什么呢？

"不正之风"、"腐败现象"，无疑都是改革的对象，为什么随着改革的发展，"不正之风"却升级成了"腐败现象"呢？在"腐败现象"的日益蔓延和加深中，改革和经济建设事业能顺利进行吗？我感到迷惘。

翻翻近来的报纸，"腐败现象"四字，似乎又有逐渐隐退之势。是实际生活中"腐败现象"已日趋消除，还是对之已习以为常，多见不怪了？

（三）

民间顺口溜："不说白不说，说了也白说，白说还得说。"也许可以这样理解：第一句反映了言论的自由，第二句说明了言论的无力，第三句表示了言论的顽强。三句话综合起来看，虽不尽如人意，却闪烁着希望之光。

近闻有人在"白说还得说"的后面，又续了一句："懒得再白说。"这就有点令人不安了。不过，这恐怕也只是一点牢骚，如果真的已心如死灰，大概连这句话也"懒得"去续的吧！

然而这种心态毕竟有些消极，改变这种心态

的良药，有赖于把"说了也白说"变为"说了不白说"。"不白说"，并非要求言听计从，只是希望别当成耳旁之风耳。

【原载 1993 年 5 月 30 日《新民晚报》】

一口咬定

鲁迅在《事实胜于雄辩》中，讲了一个小故事。有一年，他在一家铺子里买过一双鞋，第二年，又去原铺子同样买了一双，发现新买的这双鞋头又尖又浅。他把一只旧的和一只新的都排在柜上，接着，发生了以下的对话："这不一样……""一样，没有错。""这……""一样，你瞧！"于是，鲁迅慨然道："事实胜于雄辩"，"在我们中国，是不适用的"。

我很奇怪，鲁迅为什么不把题目写做"雄辩胜于事实"？后来一想，鲁迅是有道理的，因为那店员何尝有过什么雄辩，他根本没有辩。莫说雄辩，连劣辩也没有。他有的只是———一口咬定。

鲁迅写的虽是一件小事，但他通过这件小事揭示了我们相当一部分人用以说服或者战胜对方的一种战术，一种法宝。只要我们稍加留心，就不难发现：在买卖争执、邻里口角、夫妻吵架，甚至文场论辩、政坛攻讦中，往往总有一方甚至双方使用了这种不顾事实、不讲道理、只是"一口咬定"的战术。

在历史上，运用这种"一口咬定"战术的事数不胜数。宋高宗和秦桧用"莫须有"害岳飞；明英宗、徐有贞以"意有之"杀于谦，就是最广为人知的典型。可见此术源远流长。

1949 年之后，讲实事求是，讲摆事实、讲道理，情况自然不同了。但一口咬定之事，仍时有发生。批"小脚女人"，反"反冒进"，反右派，反右倾中的表现，众所周知，到了"文化大革命"，一口咬定的战术，就运用得更为广泛了。只要一口咬定说你是特务，你就是特务；说你是叛徒，你就是叛徒；说你是反革命修正主义分子、三反分子、反动权威，你就统统都是。真正的事实是没有的，雄辩固不需要，劣辩也属多余。林彪一口咬定：成绩是最大最大最大的，损失是最小最小最小的，于是，全国大唱："文化大革命就是好！就是好！就是好！"一口咬定了，不好也是好！谁敢说不好，保他没有好！

近二十年来，拨乱反正，重倡实事求是，揭示实践是检验真理的惟一标准。一口咬定法逐渐失灵，但阴魂不散，并未完全失传。有些事，既未经实践检验，也未经真正研讨、辩驳和论争，就一口咬定，或是或非，或好或坏。有一副对联："说你行，你就行，不行也行；说不行，就不行，行也不行。"可算是一口咬定法的新注解。

一口咬定，大概是有用的吧，否则不会流传。但只要双方是平等的，那效用就往往有限。但在有权者那里，情况自然不同，一口咬定，一言千钧，遂成定论。不幸的是，这种定论不能维持久远，过了一定时间，往往不但失效，而且还会走向反面。所以，归根结底，这世界上最可贵最有力量的还是事实，它不但胜过一口咬定，而且胜于任何雄辩。一口咬定，其能休乎?!

【原载 1997 年 2 月 4 日《南方周末》】

谁铸造了灵魂？

"父母生养身体，书籍铸造灵魂。"一位写书人兼读书人在一篇短文中如是说。这后一句，如在过去，我是会相信的，因为它与另一句话"作家是人类灵魂的工程师"一脉相通。而这另一句，是由一位伟人发明，许多伟人或准伟人认同、传播的，似乎已成为定论，不由我不信。但现在，说"书籍铸造灵魂"，我却不免要打问号了。

"书籍铸造灵魂"，那么在书籍或文字出现以前，人们有灵魂吗？那些从来没有摸过书本，一字不识的人们有灵魂吗？我想都该是有的吧，那么他们的灵魂是由谁铸造，如何铸造的呢？

《水浒》里一百零八位英雄以及人数更多的好汉们，走到水泊梁山去"替天行道"，他们都是读了什么书，才铸就了那造反的灵魂的呢？有道是"官逼民反"、"逼上梁山"，与书好像并没多少干系。

汉代以后，历朝的皇帝陛下，除个别的外大概都读过儒家的著作。儒家的书中虽有糟粕，却似乎没有教人骄奢淫逸或凶残暴虐的。那么那些昏君、暴君的灵魂又是谁铸造的呢？

郑板桥诗："历览名臣与佞臣，读书同慕古贤人。乌纱略戴心情变，黄阁旋登面目新。翻笑腐儒何寂寂，可怜世味太津津……"对某些人来说，书籍似乎确实铸造过他们的灵魂，但经不起乌纱、黄阁一改造，那灵魂马上就变了形。

"吴王好剑客，百姓多创瘢"。"天子好征战，百姓不种桑"。杨玉环一人得宠，兄弟姐妹享荣华，"遂令天下父母心，不重生男重生女"。这些话不免夸大，但"君子之德风，小人之德草，草上之风必偃"；"任何一个时代的统治思想始终都不过是统治阶级的思想"。中国的儒家和马克思恩格斯似乎都承认统治者在铸造人们灵魂中的巨大作用。

至于在 1949 年以后，历次政治运动（如反胡风、反右派）特别是"文化大革命"，如何用深文周纳、无限上纲、狠批猛斗，以至关牛棚、坐喷气式、拳脚交加，直到关大牢，判重刑，曾经如何铸造或改铸、扭曲了人们的灵魂，有的身所亲历，记忆犹新，有的虽无缘体验，总也在书中读过，听人说过。

书籍确实能作用于人们的灵魂，影响人们的灵魂，甚至在一定程度上铸造人们的灵魂。否认这一点，便是否认事实。因此，我们要多写好书，多出好书，多读好书。但说"书籍铸造灵魂"。"作家是人类灵魂的工程师"，却不免离事实更远。《共产党宣言》说："人们的观念、观点和概念，一句话，人们的意识，随着人们的社会存在的改变而改变。"列宁也说："人们的社会存在决定人们的意识。"我信服他们的这些话。

对"书籍铸造灵魂"、"作家是人类灵魂的工程师"的质疑，虽然减弱了书籍和作家头上的光环，但也减轻了书籍和作家肩上本来就承担不起的重担。我想，对于作家和其他写书的人们，未尝不是一件好事吧！

【原载 1998 年 9 月 16 日《大公报》】

关于庆祝和纪念

北京大学百年校庆的锣鼓早已沉寂，钱理群先生的那篇《想起七十六年前的纪念》（1998 年第 5 期《读书》），却久久萦回于脑际。

钱先生在文章中摘引了《北京大学日刊》1922 年底出版的"本校二十五周年之成立纪念号"中所载当时的总务长蒋梦麟、教务长胡适、教授李大钊的纪念词："今日是本校二十五年的生日，是我们全体师生反省的日子。"（蒋）"我们有了二十四个足年的存在，而至今还不曾脱离'稗贩'的阶段……这不是我们的大耻辱吗？"（胡）"我们自问值得作一个大学第二十五年纪念的学术上的贡献实在太贫乏了。"（李）钱先生说，与念念不忘北大的辉煌的"北大人"相比，"我们的前辈在面临'校庆'，面对所展示的成绩时，不是忙于欢呼，忙于评功摆好，更毋论自我吹嘘，而是'反省'、'批判'、'挥一把愧汗'，以至感到'大耻辱'！彼此的境界是怎样的不同啊！"

我从未跨进过大学的门槛，对被誉为我国最

高学府之一的北大种种，更属无知，但读了钱先生的文章，却有一种在酷热的夏天喝到了一杯清凉泉水的感觉。

庆祝和纪念（某些非喜庆性的纪念除外），少不得要讲胜利，讲成就，这事属正常。但最好于展示过五关斩六将的辉煌的同时，也别忘了败走麦城，在宣扬伟大业绩的同时，也指陈还存在的不足。这才是实事求是。如果一方面忘记或有意回避走麦城，无视存在的不足，一方面又将过关斩将之事和取得的成就渲染得过了头，即使表面上热热闹闹，轰轰烈烈，怕也难于真正振奋人心，鼓舞士气，更不用说总结经验教训，更好地奋然前行了。

鲁迅在《庆祝沪宁克复的那一边》一文中，曾说过这样的话："庆祝和革命没有什么相干，至多不过是一种点缀。"看来似乎有些消极甚至片面，其实他是有感而发。沪宁克复，他是高兴的，但高兴之余，他却想起十六年前攻克南京时建立的烈士碑后来被张勋毁掉的事，还想起在北京被捕的李大钊，"不知道他现在怎么样"。他从那热闹的庆祝声中，隐隐看到了并且担心着可能的"陶醉"，"肌肉松懈，忘却进击"，"使革命精神转向浮滑"。这些话在当时大概是很煞风景的吧，但从中确实让我们看到了鲁迅之为鲁迅。

　　不久前，有家报纸在纪念创刊五十周年时，宣称她的这五十年，是"推动中国革命、建设和改革的伟大进程发挥重要作用的五十年。"简要倒是够简要了，但是这样全盘肯定，能得到大家的认同吗？人们不免要问：即使撇开别的（如反胡风、反右派、反右倾中的作用）不谈，难道在十年"文革"中也发挥了那样积极的而不是相反的作用吗？"文革"十年，就占她有生之年的五分之一啊！那样说，究竟还有几许实事求是之意呢？自然，那些错误并不能由报社同仁（除了极少数人）负太多责任，但总不该把那些阻碍和破坏国家前进的某些历史也说得如此辉煌吧！那样说，能总结和吸取什么经验教训，于进一步办好报纸以至推动我们的事业，能有什么益处呢？

　　明年是建国五十周年，许多组织、单位也将欣逢自己的五十华诞，届时庆祝和纪念活动大概会此伏彼起，热闹非凡。但愿在一片颂歌声中，能多一点实事求是，少一点虚夸，而且有一点自省精神。那将会使我们头脑冷静，肌肉强健，更好地向未来进击。至于那些徒然劳民伤财，连点缀也够不上的庆祝和纪念，最好少些，更少些。

【原载 1998 年 8 月 18 日《杂文报》】

惑

"四十而不惑"。孔夫子虽被尊为圣人，但他的这句话，我是绝不敢相信的，说得彻底点，我压根儿就不相信世界上有不惑的人，除非是初生婴儿、白痴、植物人。

但要说孔夫子是有意骗人，似乎也不像。也许他只是自以为到了四十岁就无所惑了吧！如果从这个角度看，那么我要说我的不惑期比他老人家还早多了。十七八岁的时候，经过一个大惑的思想过程，我找到了一种主义，一个为实现这个主义而奋斗的党，还有一位领导着这个党的领袖。那时还没有人说过"句句是真理"，但我心里确实有着这样的信念和虔诚。书上有的信书，领袖说过的信领袖，那还有什么好惑的呢？

后来阅历和见闻多了些，不能说一点惑也不曾有过。但不愿惑，不敢惑，一切紧跟照办就是了，终于还是不惑。"文化大革命"中，确是惑了，有时还惑得很厉害。别的不说，只一句"十七年黑线统治"，心里就不免大惑：这十七年难道不是伟大领袖领导的吗？两者放在一起，如何说得通呢？但又觉得这惑的本身就是罪过，更是断不能说出来的，只好把它藏在心里，甚至想把它从心里清除出去。

粉碎"四人帮"以后，讲思想解放，这才如陈虞孙同志说的"还我头来"了。而一旦脖子上有了自己的脑袋，各种各样的惑便冒了出来。旧惑未除，新惑又来，那惑竟有与齿俱增之势，如今年逾古稀，积聚于心中的惑已不知凡几。于是我苦恼，但苦恼中混合着高兴，确切地说，虽有苦恼，却更高兴。

无知者无惑，我有惑了，说明我多少有了点知识。

不思想者无惑，我有惑了，说明我开始学会思想。

我高兴，但惑而不求解，惑又何益？于是我找老师。凡我能找到的学问多、革命经历长、知道事情多，而且估计不会因我有那么多惑而见怪见责见罪的人，便常常把我的惑提出来，请求指教。也许是我能接触的人范围有限，层次欠高，结果往往难得满意，或竟是彼此彼此，原来人家也有那么多惑而不能解哩！我也向书籍、报纸、刊物请教，但结果也通常不如人意：或者只给结论，却不给论据，或者只是"王顾左右而言他"，避而不谈。惑而不能解，其为惑也更甚矣。

无惑的时代，是愚昧的时代。

有惑而不能惑，是神的时代。

有惑而不敢说出来，是恐惧的时代。

俱往矣，而今是思想解放，改革开放的时代。是有惑、敢惑，而且能够在口头谈话中议论探讨所惑的时代。我希望再进一步，成为能够在报刊上公开提出、探索、争论、解释人们的各种各样的惑，从而成为解惑的时代。

毛泽东说过一句非常精彩的话："共产党员对任何事情都要问一个为什么，都要经过自己头脑的周密思考，想一想它是否合乎实际，是否真有道理，绝对不应盲从，绝对不应提倡奴隶主义。"虽是对共产党员说的，但我想对党外人士也该是适用的。独立思考，不盲从，不做思想奴隶，应该是现代人应有的品格。但光靠自己个人头脑的思考，往往不免落入惑中而终不能解。集思广益，切磋琢磨不可或缺，有志者能不能在报刊上辟一专栏，专事搜集、讨论、解答人们心中之惑呢？做好了，将来结集出一本一百个、一千个，或者一万个"为什么"，我保证一定能畅销。自然，这并不重要，重要的是对于进一步解放思想，沟通认识，集中智慧，加强团结，发挥人们的创造力和理论思维能力，更好地制定政策，从而把我们的国家建设得更好，将起良好作用。不言而喻，这需要少点禁忌，多点胆识。

【原载 1998 年 9 月 25 日《今晚报》】

"真理面前人人平等"质疑

"真理面前人人平等",这个命题始创于何时何人,提出者的原意如何,我没有能力也懒得去查考。只记得《二月提纲》中有此提法,后来被《五一六通知》批得狗血喷头。再后来,否定之否定,"真理面前人人平等"恢复了名誉。我也像许多人一样,为这个"再颠倒"而欢呼叫好。但二十年过去,对这个命题的意义竟困惑了起来。

粉碎"四人帮"以后,"真理面前人人平等",是与"法律面前人人平等"相提并论的。但仔细想想,两者并不能同日而语。

法律,不论是好是坏,它总是人制定出来的,是人的意志的产物。它一条一条摆在那里,人人都看得明白。它像把尺子,把事实一量,是合法还是违法,违法的严重程度如何,便一清二楚。只要执法者不腐,不昏,不聋,不瞎,不偏袒,不失职,要做到"法律面前人人平等"并不难。同理,要检验执法者是否真的做到了"法律面前人人平等"也并不难,只要看一看:一品大员与绿豆芝麻官同罪是否同罚，便无所遁形。

但真理，却是另一码事了。

真理，是一种客观存在，不能像法律那样由人制定出来。不管什么人，不管他们手里有怎样的权力，也不管他们人数多少，都不能根据自己的意志造出真理来。人们可以宣称自己发现了真理，或者宣称自己所信仰、所遵奉、所拥护的是真理，却无法强求别人认同。别人甚至可以说你那些全是谬误，只有他信仰、遵奉、拥护的才是真理。在今天的世界上，公说公有理，婆说婆有理，这现象既普遍而且正常。

真理，虽然是客观的，但在人们的认识上却是如此之"不确定"，因此谈什么"真理面前人人平等"，就不免玄得很，不免难乎哉。试问：以阶级斗争为纲论者与以经济建设为中心论者，都各各宣称自己的主张是真理。在这两种不同的"真理"面前，如何实现人人平等？再看："真理面前人人平等"论者与反"真理面前人人平等"论者，也都各各宣称自己的主张是真理，他们又如何实现"真理面前人人平等"？"真理面前人人平等"既不具有可操作性，自然也就无法加以检验。

自然，并非说"真理面前人人平等"这句话，一无是处，一无用处。譬如说，人总是要死的，大概应该承认这是一条真理吧！在它面前，无贵无贱，无贫无富，也不论你是不是承认它是真理，都得乖乖服从它，毫无例外。有人企图寻求长生不死之方，终于只能是可怜无补费精神，甚至过早地送了性命。它告诉人们：谁同真理对着干，或迟或早要受到惩罚。在这个意义上，但也仅仅在这个意义上，"真理面前人人平等"才有价值。然而世界上的真理，并不都像"人总是要死的"这样浅显明白，为人们所公认（也许还有极个别人至今还不承认它）。许多重大的真理，需要人们长期坚持不懈地去探求，去发现，有待人们的广泛实践才能证明。而"真理面前人人平等"，对此却实在起不了什么积极的作用。

那么，为什么人们（包括我自己在内）对于"真理面前人人平等"这个命题，如此肯定和推崇呢？我想，恐怕实际上是把"真理面前人人平等"与"在探求真理的权利面前人人平等"混为一谈了，或者自觉不自觉地把前者理解为后者了。我自己就曾经犯过这样的糊涂。然而这两者实在是并不相同的：前者空洞，后者实在；前者无法操作，后者可行；前者难于检验，后者却人人都能鉴定。所以我以为真正有价值的，对我们特别需要的，并非前者，而是后者。长期以来，我们的吃亏，我们的失误，也恰恰在于在"探求真理的权利"的问题上，没有实现"人人平等"。或者说，某些人们探求真理的权利常常被另一些人们限制了，剥夺了，扼杀了，特别是当某些人的主张、观点、理论与掌权者相悖的时候，或者不符合他们需要的时候。

五十年代，马寅初提出"新人口论"，主张节制生育，结果受到猛烈批判。其实，就算这理论和主张是错误的吧，掌权者不予采纳，免得祸国殃民，不就得了！这位姓马的愿意探求就让他探求去，何必要组织围攻，以势压人？岂但以势压人，最终还用权力的胶布严严实实地封了他的嘴。马老的"明知寡不敌众，自当单身匹马，出来应战，直至战死为止……"也成了无法实现的豪语。"文革"前的历次政治思想运动中，因探求真理而遭到权力的种种压制、打击、迫害的人，恐怕难以计数。到得"文革"时期，对"文革"略有异议，对伟大领袖的言论稍有怀疑或不恭，便会被冠以"反革命"、"恶攻"罪名，遭逮捕，被处死。不但探求真理的权利被剥夺无遗，对非真理的东西的怀疑权利，也丧失殆尽，神州大地，就剩下一两个人口含天宪，句句是真理了。其后果，现在人人都明白，不必再费笔墨。

粉碎"四人帮"以后，那种以掌权者的是非为是非，用权力去限制、打击、迫害有不同观点的真理探求者的事大大减少了，但并未绝迹。

"已有定论，勿再饶舌"，"敏感问题，不宜议论"，"专属领地，闲人止步"，如此等等的禁区，并不少见。1983 年，周扬发表了《关于马克思主义的几个理论问题的探讨》。文章的题目已经说得很清楚，是"探讨"，不同意他的观点，自然可以通过批评来参加探讨。对周扬有公开批评的权利，周扬也有公开反批评或者修正自己观点的权利。这是探求真理应有的"游戏规则"。但结果，事情却变成了周扬发表自己的文章，有没有得到准许的问题。真理问题，变成了权力问题，理论是非的论争，变成了权力大小的较量。最后以周扬被迫作出公开检讨并因此而郁郁成疾，终至不治而告结束。这件事是反映了没有实行"真理面前人人平等"，还是反映了没有实行"在探求真理的权利面前人人平等"？我看属于后者更确切，也更易为人们理解。在那几个理论问题上，孰为真理，至今人们的想法也未必一致的吧！真理尚有待于探求，怎么谈得上什么"真理面前人人平等"呢？

探求真理，是一种精神世界里向未知领域的跋涉和冒险。它需要探险者本人的宏愿、勇敢和毅力，更需要国家和社会提供广阔的、充分的自由空间。即使它走入了歧途，对于人类社会的发展仍然提供了有益的借鉴。

　　在探求真理的过程中，出现不同的意见、观点、主张、理论，是不可避免的，而且是有益的。只要没有触犯宪法和法律，国家和社会应该一视同仁地给予保护，让笔墨口舌这样的思想工具，并最终通过实践，去解决其间的是非，而不要用权力这个武器的批判去代替批判的武器。

　　权力者自然也有权参加探求真理的行列，并参加讨论和争辩。但必须牢记自己的身份：只是一个与别人平等的普通探求者，而不是裁决者。权力可以压制、扼杀异己的理论、思想、主张于一时，却无法使自己成为最终的胜利者。如果真正相信真理在自己手里，就会不屑于使用权力作为战胜论敌的武器。否则，只能说明自己的虚弱和缺乏信心。马克思、恩格斯没有倚仗也不可能倚仗任何权力，他们击败了无数论敌，赢得了亿万信徒，他们靠的是真理，而且仅仅是真理自身的力量，以及为真理而斗争的本领。凡自称马克思主义信徒的人，应该时刻牢记并学习我们老祖宗这个榜样，特别是手里掌握了权力以后。

　　百家争鸣的局面为什么出现在春秋战国时期？因为当时没有文化思想专制主义，因为人们有着探求真理的广阔空间。各派学说之间可以相互争论，辩驳，攻击，彼此权利平等。孟轲给杨朱、墨翟戴上"无君"、"无父"、"是禽兽也"的帽子，虽表现了一种恶劣的学风，但他不能用权力来封住对方的嘴，更不用说拿刑罚来迫害了。"在探求真理的权利面前人人平等"，是发现真理的土壤、水分和气候！

最近有篇文章引用了爱因斯坦的几句话："我所理解的学术自由是一个人有探求真理以及发表和讲授他认为正确的东西的权利。""科学的进步的先决条件是不受限制地交换一切结果和意见的可能性——在一切脑力劳动领域里的言论自由和教学自由。我所理解的自由是这样的社会条件——个人不会因为发表了关于知识的一般和特殊问题的主张而遭受危险或者严重的损害。"我想，爱因斯坦的这些话，也无非是指：在探求真理的问题上，人们应该有充分的自由，而且人人权利平等吧！

"我不同意你的意见，但我坚决维护你说出自己意见的权利！"这是句老话，但对于真正有志于追求真理的人们，特别是手握政治权力者，应该是永远的座右铭！

我们提倡解放思想，鼓吹创新，这对于加速我国的发展和进步，推进我国的繁荣富强，极为重要。但是如果没有"在探求真理的权利面前人人平等"来保障，创新云云恐怕就不免要事倍功半甚至缘木求鱼了。

附记：

此稿写成后，曾给一些朋友看过，有的朋友表示《二月提纲》中提出"真理面前人人平等"，其含义可能就是指"在探求真理的权利面前人人平等"。《二月提纲》似乎至今没有公布，至少我未在正式出版物中见到，但根据"文革"中编印的非正式出版物所载文字，其中确实有"要以理服人，不要像学阀一样武断和以势压人"这样一些话，但我以为这里说的还只是一个学风问题，而不是保障探求真理的权利，以及在这种权利面前人人平等的问题。《二月提纲》中，无疑有一些好的和比较好的意见，但它是在党的八届十中全会以后"阶级斗争必须年年讲，月月讲，天天讲"的历史条件下的产物，它本身不可能不带有"左"的印记（尽管在《五一六通知》的作者们看来，那已是右得可怕了）。在当时条件下，它只是试图对已经出现的极"左"倾向适当加以约束而已。它强调学术讨论首先要划清两个阶级两条道路两个主义的界限，虽有防"左"的用意，但这提法本身也就是一种"左"的反映。至于说文中还曾提到：我们不仅要在政治上压倒对方，而且在学术上和业务的水准上也要超过和压倒对方。那就表明：还未真正展开讨论和争论，就已经判定真理早就在"我们"手里，讨论的目的无非是压倒对方而已。既然如此，怎能说得上真正有"探寻真理"的精神和态度呢？又怎么可能有"在探求真理的权利面前人人平等"的立场呢？退一步说，如果《二月提纲》的作者们，在使用"真理面前人人平等"这句话时，真的就已经包含了"在探求真理的权利面前人人平等"的意思，我也仍然觉得这种表述是不够明确、清楚，不易为人理解，难于执行，无法检验的。我感谢朋友们的坦诚和好意，但我仍然愿意把自己的想法提出来。错误的地方，恳请指正。

【原载 1999 年第 5 期《随笔》】

神圣的一票

　　早些时候，我所在的城市进行市人大代表的换届选举，市里的媒体便经常出现一个词语："神圣的一票。"用投票的方式由公民选择让谁来代表自己，那一票自然是颇为神圣的。但中华人民共和国已成立快满五十周年了，人民代表的选举也搞了多次，今天还来再三强调那一票的神圣性，不免觉得有点多此一举。

　　当时，正值纪念刘少奇诞辰一百周年，我正在阅读有关这位前共和国主席的书，不禁把他的命运与"神圣的一票"联系了起来。想当年，刘少奇当上国家主席，确是选民们用"神圣的一票"选出自己的代表，再由这些代表用"神圣的一票"选出更高一级的代表，最后由全国人民代表大会的代表们用"神圣的一票"选举出来的。但后来这无数张"神圣的一票"竟敌不过一个人的二百零三字的一张大字报（据说是用铅笔写在一张旧报纸上），刘少奇被非法地打倒了。恕我不敬，当初那么多张"神圣的一票"，"神圣"云乎哉！

　　不过客观地说，正式宣布撤销刘少奇"党内外一切职务"，倒也还是通过了那些"神圣的一票"的。虽然那已是刘少奇被打倒并被踩上千万只脚以后，而且那次会议也不是选举他当国家主席的全国人民代表大会，而是中国共产党的一次中央全会，不免有违宪法，这里且不去说它。据有关文章说，那次中央全会，"是在极不正常情况下召开的一次极不正常的会议"，"除一部分老同志受到直接的批判、围攻外，那些正直的代表都经受着巨大的压力，实际上已不允许提出不同意见"。既然如此，那么，那些"神圣的一票"的神圣性又在哪里呢？"神圣的一票"，掩盖了多少毫不神圣甚至丑恶啊！

　　但是，就在那次会议上，也还有个陈少敏，在通过用谎言和伪证构成的"审查报告"时，"拒不表示同意，在全会表决时她以不举手表示正义的抗争"。她实际上投的是弃权票，然而，这一票是神圣的。只是可惜像这样的"神圣的一票"实在是太少了。后来，胡耀邦曾为他投过的那并不神圣的一票做过自我批评，同样可惜的是，像他这样进行自我批评的人，也实在太少了。

　　可见，依法有权投票者投出的那一票，是不是神圣，不好一概而论。这得看投票者对于要由他抉择的问题是否知情，投票者是不是享有根据自己意愿投票的完全自由，以及投票者是否具有独立思考自作主张的能力。

本文开头说，到今天还来宣传那一票的神圣性，似乎有些多余，仔细想想，实在并非如此。因为并不认为自己那票有那么神圣者，实不乏人，坦率地说，在下也常作如是想的，所以，宣传那一票的神圣性仍然很有必要。这种不神圣观，是由历史上对神圣的亵渎和嘲弄，以及现实中存在的缺陷造成的（最近在《杂文报》上读到一则有关的短语："'民主选举'，民众只管投票，至于选谁，其实，'主'早已圈定了。"就是这种缺陷的一定反应），所以，纸墨口舌的作用便也有限。往者已矣，重要的是要用今天的实践，来证明那一票确是真正神圣的。否则，言者谆谆，听者藐藐，并不能就责备听者的顽梗不化。

不久前召开的九届人大二次会议，通过"宪法修正案"时，绝大多数代表投了赞成票，而反对票和弃权票各有二十余张。与过去那种遇事必一致通过的情况相比，代表们的那一票确是有了神圣性。略感遗憾的是，没能听到那些投弃权和反对票的代表们的声音——他们所持的理由。是他们根本没有发出这种声音，还是被媒体吞没了，不得而知。此外，"宪法修正案"包含了九条内容，如果不采取一揽子表决办法，而是逐条表决，

当能更好地反映代表们的意愿，从而使那一票的
神圣性更加完美吧！

　　要保证这一票的神圣性，还得走很长的路。

【原载 1999 年第 6 期《杂文界》】

《宪法》的故事

最近读了一些涉及《宪法》的文章，它们都强调《宪法》在建设法治国家中的重大意义，强调普及《宪法》知识和《宪法》意识的重要性，有时还引用了江主席的话：违反《宪法》是最大的犯罪。

对于这些意见，我自然举双手赞成。同时，也不免想起了一些有关的故事。

记得 1954 年制定中华人民共和国第一部宪法时，曾经发动过群众性的讨论，宪法通过以后又曾组织过群众性的学习。那次的讨论和学习，确实可以称得上一次宪法知识和宪法意识的大普及。但时过不久，那神圣的宪法就被一些人遗忘了，践踏了。1955 年 6 月 10 日，《人民日报》公布了《关于胡风反革命集团的第三批材料》。一家报纸（自然，报纸其实只是奉命提供了版面）竟然能把一大群人宣布为反革命集团，真是对神圣的宪法的最大嘲弄。到了"反右派"运动，有权者把那么多根据宪法赋予的言论自由权利，表达自己意见的人（且不说他们还是根据"号召"才说话的，也不说他们的意见绝大部分是正确的）加上"右派"的罪名，并给予各种处罚。他们大概连想也没有想，这样做是有违《宪法》的。特别值得注意的是：粉碎"四人帮"以后，人们讨论反右派是否正确，是否必要，却好像并没有听到有人议论这场运动是不是违宪的问题。胡风集团的冤案平反了，自然也没有谈及当年那种做法是完全违宪的问题。

搬出宪法来维护自己权利的事，我从文字上见到的有两次。一次是在党中央讨论农村社教"二十三条"时，毛泽东曾经搬出宪法和党章来抗议有人剥夺他作为公民和党员的发言权（当然这不是事实，也不可能有那样的事）。再一次就是刘少奇在"文革"中遭到批斗时，曾经拿出《宪法》对造反派抗议说："谁罢免了我国家主席？……我个人也是一个公民，为什么不让我讲话？《宪法》保障每一个公民的人身权利不受侵犯。破坏《宪法》是要受到法律的严厉制裁的。"虽然在这之前的许多政治运动中，刘少奇也并没有努力去维护《宪法》的尊严，但他的这一举动确实写下了1949年之后《宪法》史上可圈可点的一页。然而，即便是堂堂国家主席，《宪法》也帮不了他任何忙。整个"文革"，就是一场践踏《宪法》和法律的无法无天的浩劫。但在否定"文革"的严正批判中，似乎也少有从破坏《宪法》的角度来立论的，践踏《宪法》的人自然也没有因违宪而受到遣责。

时间到了 1983 年，周扬因为在《人民日报》发表了他在纪念马克思逝世一百周年大会上的报告而与胡乔木发生激烈争执。争执的焦点集中在周扬坚持认为胡乔木并没有说他的文章不能发表，而胡乔木则坚持他从未同意过发表。我读过几篇有关此事的文章，涉及的似乎纯粹是个事实真相问题，我也一直以为这就是问题所在。不久前却发现有人另有见解："但是也许还有另外一个问题。党的方针中本来就有'百家争鸣'、'自由讨论'之种种规定，《宪法》中也有'出版自由'和'言论自由'的条款。按照这样的逻辑，只要周扬的文章不能被认定为反对四项基本原则，胡乔木的'不要发表'是否合法也就有了疑问。"这一段话，使我赧然。

从以上几件历史故事的回顾，不能看出作为国家根本大法的《宪法》，在我们实际生活中的地位和命运。这里涉及的都是高层人士，他们头脑里的宪法意识尚且如此薄弱，至于文化不高法律知识甚少的普通国民（包括自己在内），那就不言自明了。人民共和国建立快满五十年了，《宪法》

的命运如此，其故安在，实在值得深思。我能想到的只有一点，即我们的领导层谈论重大问题，从来只习惯于在正确与错误，必要与不必要这类概念中打圈子（且不说此类判断还经常颠来倒去），而几乎从不涉及是合乎《宪法》还是有违《宪法》的问题。习惯成自然，上行下效，宪法观念的淡薄也就不可避免了。

我国著名法学家龚祥瑞先生在一篇文章中说："《宪法》拥有权威的关键不在于公民是否服从它，恰恰在于政府自身是否服从它。"我想这话可能是说到点子上了，不过我想，在政府二字的前面再加上点什么，也许更符合我国国情和实事求是的原则。

尊重《宪法》是建设法治国家的基础和前提，而在视《宪法》如具文的条件下建设起来的法治，可能只是有权者用法以治民而已。

【原载 1999 年 7 月 20 日《杂文报》】

尊重民间思想者

　　友人给我打电话，说他最近偶然在山东画报社出版的《老照片》上，看到一篇关于王申酉的文字，要给我寄来。对于王申酉，我和这位朋友都略有所知，而且不止一次地谈论过他的惨痛遭遇，也听说过名记者金凤同志手里有一本写他的书稿，一直盼望能早日面世。因此当我收到这本《老照片》后，便迫不及待地找到这篇文章读了起来。

　　文章很短，作者丁东极其简洁地介绍了王申酉自 1963 至 1966 年四年间对我国政治、经济、思想文化的评论，几乎每一年都只用了一句话。丁东说："王申酉的思想，在今天看来，都是正常的思想。他的不幸，就在于比常人早想了一二十年。"

　　仅仅因为早想了一二十年，王申酉就被杀害！这样的事，不论发生于什么时代，什么社会都不能不使人悲怆，何况他是被杀害于"人民当家做主"了近三十年的社会主义社会，被杀害于被称为十年浩劫的"文革"基本结束之后，这就更令人悲怆万分！

王申酉的冤案在八十年代初平反了，这使人略可告慰，但是金凤花了很大力气写成的文章，却仍然只能放在她的抽屉里，至今不能面世，这就使人于悲怆之余不免又感到惊奇和遗憾。我想她写这本书是为了有益于当代，而不是为了藏之名山，刊于后世吧！当年奔波在中华大地，妙笔生花的金凤，如今大概也像我一样已满头白发，垂垂老矣，难道作为作者的金凤和如我和我的朋友这样的希望更多地了解王申酉其人其事的众多读者，都还要无限期地等下去，还能无限期地等下去吗。我真不知道人们为什么如此害怕王申酉这个普通的民间思想者和介绍他的这本书！

其实，类似王申酉这样的民间思想者的惨酷遭遇并非罕见，遇罗克、张志新、林昭……可以列出长串的名单。更多的思想者的遭遇虽然不如王申酉们的不幸和惨烈，但是他们那些符合实际、富于远见卓识的思想，被当做谬误甚至反动，遭到了猛烈的批判，他们的头上戴上了各式各样可怕的帽子，再也发不出真诚的声音。

设想一下，如果当年权力者能够倾听一下他们的声音，考虑一下他们的意见，我们的国家将会少走多少弯路，人民将会少受多少痛苦，而且有关的权力者也将少遭后人的多少非议啊！

所以，王申酉们的不幸，不只是他们个人的，而是我们整个民族的。对于敢于独立思考，善于独立思考的思想者，不知珍惜，不知爱护，反而加以压迫、打击和百般摧残，这是最可痛惜和悲哀的，我们说中华民族是伟大的民族，但别忘了：在我们民族的历史长河中，有多少杰出的思想者以至思想家，被埋没了，被窒息了，甚至被杀害了，这可是我们民族的罪恶和耻辱啊！

思想者或思想家之被埋没、被窒息以至被杀害，无非因为他们的思想不合于当时权力者的思想和他们的需要。在我们民族漫长的历史中除少数时段外，始终存在着一条政治专制和思想专制主义的"黑线"（恕我借用了文革词汇）。思想言论的是非正谬，或以圣人之言为准则，或"君主之命为绳墨，合则为是，异则为非；合则可以加官晋爵，异则难免贬斥流刑，特别是触犯了最高统治者的痛处，得到的必然是悲惨下场。五四运动中被誉为"只手打孔家店"英雄的吴虞曾说："夫学术思想之在国，犹人之有精神也。故弥勒·约翰之言曰：无新思想、新言论，则其国亦无由兴。"（见《辩孟子辟杨墨之非》）我觉得他说得很对，中国之积贫积弱，与缺乏新思想、新言论以及新思想、新言论之不容于时，是密切相联的。

　　吴虞又说："夫与己不同道，则抵为异端，詈为邪说，不以为非圣无法，则以为叛道离经，斯诚社会之污点，学术家之深耻也。"吴氏此文，作于1910年9月，九十年后的今天读之，尤觉掷地作金石声。但有一点，他未提及：压制新思想，迫害与已不同道的思想和思想家这类的事，决非纯粹的学术家所能办成。孟轲"无君"、"无父"的辱骂，只是表现了他的学风的不正，却决不能息"为我"、"兼爱"之说的流行，更不能加害于杨朱、墨翟之身。要达到此种目的，非借诸权力者之手不能成。如果没有权力的介入，学术界无论怎样的学风恶劣，怎样的党同伐异，怎样的相互诋詈，都只能是纸上的战争，并不能阻止新思想、新言论的生存和传播，甚至有助于思想的活跃，学术的繁荣、陈说之破除与新论之创立，甚至有利于新思想的传播，所以，思想者和思想家之遭到禁锢和摧残，这就不只是"社会之污点，学术家之深耻"，而主要是权力者的残暴和罪恶了。

　　最近二十多年来，"实践是检验真理的惟一标准"、"解放思想，实事求是"等字样，经常挂在人们嘴上，写在报纸、刊物、书籍上。既然如此，为什么作为解放思想的民间先驱者的王申酉，和他的那些已经实践检验并证明是正确的思想，不能堂堂正正地流传于世呢？难道我们原来只不过是"好龙"的叶公吗？

人们经常强调科学技术的价值，进而强调在这个领域创造性思维和有关人才之重要，却较少强调人文科学的价值及这个领域中创造性思维和那些敢于、善于独立思考的思想者的重要，这是非常奇怪的。难道我们忘了自己信奉的马克思主义，不正是当年两个毫无政治地位和权力的民间思想家创造出来的吗？

我们正在新世纪的起跑线上与世界各国竞走，为了能自立于世界民族之林，不但要有一批伟大的科学家，而且要有一批伟大的思想家。而为造就伟大的思想家，就必须重视民间思想者，就要创造出一种尊重思想家和思想者，并促进其形成、发育、成长的社会环境。如果只重视前者，而忽视后者甚至压抑、打击后者，不说这是舍本逐末，至少是缺了一条腿，而想靠独脚将军去与双脚健全的人们竞走争先，难矣！

【原载 2001 年第 5 期《同舟共进》】

从马寅初那个夜晚说起

1959 年夏季的某个夜晚，对于普通的中国人来说，与平常并无两样，但对于马寅初，那却是个极不平常，极为艰难的不眠之夜。

那一夜，他辗转反侧无法入睡。他具体想了些什么，人们不得而知，总之是自己和自己做着激烈的搏斗吧。这一夜斗争的结果，是他发表于 1959 年第 11 期《新建设》的《对爱护我者说几句话并表示衷心的感谢》，特别是其中的这样一段话：

"最后我还要对另一位朋友表示感忱，并道歉意。我在重庆受难的时候，他千方百计来营救；我 1949 年自香港北上参政也是应他的电召而来。这些都使我感激不尽，如今还牢记在心。但是这次遇到了学术问题，我没有接受他真心诚意的劝告，心中万分不愉快，因为我对我的理论有相当的把握，不能不坚持，学术的尊严不能不维护，只能拒绝检讨。希望我这位朋友仍然虚怀若谷，不要把我的拒绝检讨视同抗命则幸甚。"

　　马寅初在这里提到的"另一位好朋友"，他没有说名字，但人们不难猜到是谁，近年已有文字证实。后来读《陈云与马寅初》，对有关情况就知道得更具体了。据该书说，马寅初有关人口问题的观点，最初曾得到毛泽东的支持，但是后来，却又出现了相反的名言："除了党的领导之外，六亿人口是一个决定的因素。人多议论多，热气高，干劲大。"中共八大二次会议的文件里，还不点名地公开批评了马寅初有关人口问题的观点"是一种违反马克思列宁主义的观点"。于是康生就在北京大学宣称马寅初的"马"是"马尔萨斯的马"，从此一场声势浩大的批"马"运动开始了，但马寅初毫不屈服。到了1959年8月，因庐山会议而掀起的反右倾运动席卷全国，正在养病的陈云对马寅初的处境十分担心，便将自己的想法向周恩来谈了，周也有同感。于是周恩来"特意约马老谈了一次话，谈话中劝他不要过于固执，应从大局着眼，还是写个检讨好。并说明陈云对他也很关心，劝他采取主动，认个错，也是陈云的意思。"（见该书第158页）在周恩来之前，以类似话语来劝说马寅初的朋友已有好几位，都被他委婉谢绝了。但这次劝他的，是自己非常敬爱的而且有恩于自己的"好朋友"周恩来（还有陈云）这样的人物，他不能不再三反复地更加认真地考虑了，于是就有了那个不眠之夜。

周恩来与马寅初谈话的具体内容，我没有见到有关的记述，但从上述文字看，似乎他并没有批评马寅初的"错误"（至少那不是重点），主要是为马寅初着想，希望能帮助他摆脱困境。于是找到"从大局着眼"这样一个也许较易为马寅初接受的说词，可谓用心良苦。

两千多年以前，孟轲老夫子曾经说过一句话："富贵不能淫，贫贱不能移，威武不能屈，此之谓大丈夫。"此话掷地有声，千古不朽。但他老先生那时候大概受时代和经验的局限，并未体会到在"富贵"、"贫贱"、"威武"之外，还有其他迫使人们屈服的力量。譬如，自己敬而且爱的伟人兼友人，怀着真诚关心的善意规劝，特别是拿了"从大局着眼"（有时就直接说是"革命利益"、"人民的利益"）这样崇高的道理，来劝你违心地"认错""检讨"，就常常使人更加难于抗拒，以致终于做不成"大丈夫"。所以在今天，人们要成为"大丈夫"，比古人似乎还要难一些。我们看到，无数在敌人的法庭里、刑场上、屠刀下，始终高昂着自己的头颅，不肯屈服的英雄好汉，在"自己人"的无理又非法的批判、斗争、劝说下，经过一定的抗争和坚持，却终于在"从大局出发"这类说词下，不得不置原则是非（也可以说是真理）、人格尊严于不顾，违心地检讨认错。这实在是一个非常值得深思的问题。

这里牵涉到所谓"大局"问题。大局，自然是有的。会下棋的人都懂得，为了全局的利益，常常不得不牺牲局部的利益。在政治、军事斗争中，更是如此。问题是这场有关《新人口论》的争论中，究竟什么是大局？难道支持事关国家未来发展前途的人口问题的正确意见不算从大局着眼，而只有维护领袖的个人权威才算从大局着眼吗？退一步说，即使马寅初的观点确属错误，他无论作为一个公民、一个学者，或者作为国家最高权力机构的全国人民代表大会的代表，出于对国家和人民利益的关心，经过潜心研究，发表他个人有关人口问题的观点，既是他的权利，也可以说是他的义务。即使荒谬绝伦，他的个人意见也决不能影响国计民生，因为他不决定政府的决策。何况，当时既有领袖的名言（指示），又有那么多人闻风而起，对他进行批判和声讨，也用不着担心他会搞乱民心，造成人民因此而不愿、不敢生孩子的后果。难道几亿人只能有一个声音，一旦有另一种既微弱又孤独的声音，就会陷大局于不利，甚至从此天下大乱吗？这完全是不言自明的。

但在当时，有周恩来这样身分的人物的亲自

劝说，有"从大局出发"这样保全面子的说辞，确是马寅初摆脱困境的最好机会。认个错，无非是"说几句"的事，既下了台阶，又能保住已有的名位（人大常委委员，北京大学校长之类），何乐而不为？但是马寅初却决定放弃这样的机会，因为他把真理、原则、尊严，看得比任何其他东西（威武、贫贱、富贵，还有那种位尊权重、可敬可亲、伟人兼朋友兼恩人的充满善意的规劝，以及种种貌似崇高的"顾全大局"等大道理）都贵重，或者他根本不相信放弃真理、自贬人格、抛弃尊严，去违心地认错、检讨，会有利于什么"大局"。"吾爱吾师，吾尤爱真理"，这就是马寅初之所以为马寅初。真得感谢马寅初以及其他一些具有类似品格，毫无奴颜媚骨的人们，他们在许多人匍匐于权势、权威的脚下，对之顶礼膜拜的不正常年代，为中国知识分子和中国人民写下了可圈可点的一页，使我们的后人不致耻笑那几十年间，竟没有了铁骨铮铮的大丈夫。

马寅初毕竟是幸运的。他后来虽被罢了官（在我国，不但人大常委，就是北京大学校长也算官的），却既没有被"戴帽子"，更没有因"顽固不化，坚持反动立场"而被搞得家破人亡，还能匿迹于他的小院里过了几年安静的生活，甚至继续"奋力写新书"（马寅初诗句）。他用三年时间和心血写成的一百多万字的《农书》，虽然在"文革"中被自己亲手送入炉膛，化为灰烬，但在那动乱的日子里由于周恩来的关怀和保护，他还是有幸免遭查抄和批斗。而另一些与当时权力者观点相左的思想家如顾准、孙冶方等人就没有这样的福气了。至于处于社会下层的民间思想者，如张志新、遇罗克、王申酉、李九莲、林昭等，他们在任何情况下都始终保持了独立思考，坚持真理和人格尊严，决不肯违心地检讨认错，他们的命运更悲惨，而他们的精神也更伟大。

写到这里，不禁联想起 1959 年庐山上的那场历史性的斗争。时间和实践早已证明，在那场斗争中，真理，确实是在遭到严厉批判和斗争并终于被定为反党集团和右倾机会主义分子的彭、黄、张、周诸公手里，而不在批判并给他们定罪的最高领导和众多追随者（有不少是违心的）手里。但是当时，正确的彭德怀等同志还是被迫违心地做了检讨，承认自己犯了严重的错误。怎么会发生这样的事呢？

李锐同志在他的《庐山会议实录》中是这样说的："根据毛泽东、林彪和常委会定的基调，人们十来天的揭发、批判和帮助，彭德怀、张闻天、黄克诚三人，最后只能'缴械投降'，把一切都兜揽起来，除此别无出路，因为必须维护党的总路线，维护党的团结一致，维护毛主席和党中央的威信。"在谈到张闻天的检讨时，李锐说，张闻天"表示他认识到了：毛泽东的威信，不是他个人的威信，是全党的威信；损害毛泽东的威信，就是损害全党的威信，就是损害党和全国人民的利益。"在谈到黄克诚同志作检讨时，李锐写道："当时对于黄克诚出面揭发彭德怀期望甚大，有常委同志万钧压力的谈话，有人写信恳切动员，而且劝者都晓以大义：这是维护党的利益，维护领袖的威信……既然是党的利益要求这样做，就这样做吧……可想而知，当时他的心情必定比杀头还要痛苦。"黄克诚在他生命的最后日子里写成的《自述》里，曾经回忆当年的情景和心境。他提到有位中央领导同志曾两次同他谈话，"他以帮助我摆脱困境的善意，劝我对彭德怀'反戈一击'。我说：'落井下石'得有石头，可是我一块石头也没有。我决不做诬陷别人，解脱自己的事。"后来几位老帅和陶铸又奉命"来做我的工作。"陶铸与他先后谈了三次，前两次毫无效果，第三次"他责我以大义，说'你总得为党、为国家大局着想才是。'"终于，"我也只好照陶铸说的，'顾大局'吧。"

　　很清楚，这些可敬的老一辈无产阶级革命家，身经百战历尽艰险的大无畏勇士，成立新政权的大功臣，所以违心地让真理向谬误屈膝，正确向错误投降，是为了"照顾大局"，为了"党的利益"。但什么是"大局"，什么是"党的利益"呢？其中很重要的内容，甚至可以说实质上就是"领袖毛泽东的威信"。你不完全同意领袖的意见，你对领袖多少有点批评或微词，或者领袖认为你不跟他合作，认为你在反对他，你就破坏了领袖的威信。而领袖的威信就是党的威信、党的利益，党的利益就是人民的利益，就是大局。于是你就有错，有罪，你就得检讨认错，而且要深刻，要自己把别人给你预备好的帽子戴到自己的头上。何况这样来开导规劝自己的，多是与自己关系比较好，怀着无可怀疑的善意的老战友，就更难于拒绝。

这种把毛泽东（作为党的领袖）的威信，看得高于一切的观点，既是由来以久，也几乎已成为一个相当长的时期党内的共识。庐山会议上，彭真曾经指责彭德怀，说他在西北小组讲过：人人有责，包括毛主席，个人威信不等于党的威信。（见《庐山会议实录》，河南人民出版社 1994 年 6 月版第 191 页）刘少奇也批评彭德怀"在西楼开会的时候，几次提议不要唱《东方红》，反对喊'毛主席万岁'……"并强调"党要有领袖，领袖就要有威信。"明确表示反对"反对个人崇拜"，并表示自己"是积极地搞'个人崇拜'的"。（见《实录》319 页）党的最高层的领导同志的这些话，反映了当时党内的思想状态和气氛。可悲的是几年以后，彭真、刘少奇自己却被自己衷心维护的领袖一巴掌打翻在地，精心编织了个人崇拜之网的人自己，却终于落入了这张网，真令人唏嘘不已。

其实，按照中国共产党的章程规定的民主集中制，即使彭、黄、张、周诸公的意见确属大错特错，那么根据少数服从多数的原则，由多数加以否决就是了。他们本人或者认错检讨，或者不认错而保留意见，都是可以的，被允许的，党章并无处于少数地位的同志必须认错检讨而且痛骂自己的规定。为什么一定要强迫与最高掌权者意见不一致的同志承认错误，痛骂自己，自损人格与尊严呢？只能说在这种时候，党章已经被忘却甚至被视同废纸了。文革中的践踏宪法和党章，只是达到登峰造极而已。

在中国共产党的词汇里，似乎不太强调人格、尊严，但"党性"是讲的，而且是一个频繁使用的概念。但是，什么叫做有党性呢？是拿了所谓"服从大局"（在许多情况下，"大局"云云，实际上不过是最高领袖的个人意志——有时是完全错误的，或最高领袖的个人威信甚至面子而己）

去说服别人或说服自己去认黑作白、以是为非，把真理说成谬误，违心地检讨认错，臭骂自己叫做有党性呢，还是坚持实事求是，坚持真理，是则为是，非则为非，"襟怀坦白"，心口如一，既不违心地臭骂自己，更不违心地去批判别人，叫做有党性呢？如果把前者称做有党性，那么这样的党性究竟成了什么性质的党的党性，倒是值得怀疑了。

　　事过三十余年，在《黄克诚自述》中，他回忆当年做了违心检讨以后的心情，他说："冤枉自己也是不容易的事……硬着头皮违心地认账后，心中耿耿，无日得安。"但更重要的是下面这几句话："等我冷静下来时，我认识到：违心地作检查，违心地同意'决议草案'，这才是我在庐山会议上真正的错误，使我后来一想起来就非常痛苦。"（261 页）黄克诚的这种反思，极其沉痛而深刻，它表现了一个真正的马克思主义者和老革命家的修养和襟怀以及他的大彻大悟。黄克诚的女儿黄梅梅在一篇文章中还提到：正由于这个教训，在文化大革命中黄老写检讨交代时，就变得更加"顽固不化"了。我想如果时光倒流，庐山会议的历史重演，黄克诚是决不会违心地作检讨的了。共产党员能够勇于承认错误，并随时修正错误，是党性强的表现。勇于坚持真理，不论是

千钧压力，万般惩罚，还是善意的规劝，神圣的
说教，一律顽固不化，决不违心地认错，也是党
性强的表现。为了使领袖息怒，不惜自己认非为
是，并用"大局"、"党的利益"、"人民利益"等
说词，去软化真理的坚持者，使其做出违心的检
讨，不论其主观如何善良，都与真正的党性无缘，
不足为法。

马寅初面对善意的、以"顾全大局"名义的
规劝，坚守真理和尊严，拒绝认错，黄克诚和与
他一起罹难的诸位老革命家在类似情况下被迫作
了违心的检讨，这与彼此长期所受熏陶，所处环
境的不同有关。但黄克诚的反思及其以后的行动，
可以说足与马寅初媲美。不幸的是：彭、张等其
他可敬的人物，却在"文革"中因遭受摧残而过
早地离开了这个世界，我们没有能看到他们的反
思和思想的升华（我相信他们会像黄克诚一样），
惜哉！痛哉！悲哉！

附记：

上面这篇文字，我写了很长时间，基本写成
之后，又搁了很长时间。这反映了我内心的某种
犹豫和顾虑。

我曾说过，在很长的时间里，我几乎丧失了
独立思考的能力。脑袋虽长在自己的肩上，但里

面装的思想却几乎都是别人的。自然，对于别人的思想也不是一点怀疑和非议也没有。我也曾十分赞赏毛泽东的如下教导："共产党员对任何事情都要问一个为什么，都要经过自己头脑的周密思考，想一想它是否合乎实际，是否真有道理，绝对不应盲从，绝对不应提倡奴隶主义。"并且试图尝试着照着去做。但实际生活又告诉我，这些话领袖可以庄严地说，别人却并不能认真照着去做（当事情涉及领袖、党的指示和决议的时候），谁要真的照着做了，便十有八九要倒霉。而我又缺乏准备倒霉的决心（虽然在对敌斗争中我敢于毫不脸红地自诩连死也没有怕过），于是我就成了一个盲从者、奴隶主义者。所以对于那种怀着善意，以大局、党的利益、人民利益等等崇高美好的字眼，来劝说手里握有真理的人们违心地向谬误屈膝的人们（他们自己心里的是非正误与被劝说的对象常常大体一致），通常是感佩的。如今，我仍然毫不怀疑他们对于劝说对象的善意，甚至他们心里也真的以为他们那样做有利于那些崇高的东西，但我以为，实际上他们只是扮演了一个劝降者脚色。以长久一点的眼光和实际效果看，他们的这种作为恰恰与他们所说的相反。我的想法不一定妥当，但我愿意提出来，供大家批评。

我对这篇文字所以多少有些顾虑，不是怕它

可能会受到批评，而是因为它对一些人们敬爱的老一辈革命家多少有些微词，觉得有些于心不忍。但李锐老前辈的如下一段话鼓励了我，使我打消了顾虑。现在我把这段话抄在下面："我这种大会检讨（指彭德怀等同志在讨伐和劝降软硬兼施的压力下，在大会上所作的检讨）我本来不准备再实录了……但再三考虑，还是摘要录下，让后人知道，人跟现实可以被扭曲成何种模样。彭德怀、张闻天、黄克诚三位尊敬的革命前辈，他们在天之灵，想必也会原谅我这样做的。"

【原载 2001 年 10 月 30 日《作家文摘》】

为人作嫁的痴情

收到黄伟经先生的一封油印信，说明他已辞去《随笔》主编之职，并表示"深深感激你多年来对我的信任和工作上的支持和帮助"，还祝愿"友情常在"。

我和黄先生只在一起相处过几天，给《随笔》写稿也很少。在通常意义上说，实在不敢以他的朋友自命，并接受他信上的那些话，不过他这信是"广谱性"的，似乎也不必过于认真。尽管如此，读完信仍然有点怅然。这自然与我极为喜爱《随笔》这本刊物有关。它清新淡雅，如菊如兰；它说真话，抒真情，卓然君子；它贴近生活，追随时代，褒贬时世，时露锋芒。而在刊文的字里行间，则渗透着他的心血，饱含着他的欢乐、焦虑以至辛酸。同时也由于在同黄先生不多的联系中，深深感受了他甘于为人作嫁的那份痴情。只要有稿子寄去，不论采用与否，他或编辑部总要及时给一个回音，用不着担心会泥牛入海无消息。也许只是短短两行字，却使人感到亲切和温暖。

想到黄先生要离开《随笔》了，眼前不断浮现出他那清瘦的身影和带点天真的笑容。我知道他精通俄文，工作之余一直在翻译着屠格涅夫的作品，辞去《随笔》主编，他是不会清闲和寂寞的，但在我却驱除不了那点怅然之感。

随着黄先生的信，还附有他的一篇《告别〈随笔〉》。我不知道这篇文字是否会在他经手发稿的最后一期刊物上发表出来，但我希望能这样做。一个人倾注了十三年的时间和精力，从事于一本刊物的编辑工作，就像一个母亲抚育自己的孩子，眼看着他一天天成长起来，一旦告别，总该有许多感慨喟叹的吧，总该有些话想说的吧，为什么不能向读者敞开心扉，倾吐一二呢?! 现在这样做的似乎罕见或竟没有，有些刊物在停刊之际，甚至也不向读者打一声招呼，就像一个人突然无疾而终，遗世而去，竟未给亲朋好友留下一个字，实在不能不令人感到遗憾。我希望黄伟经先生此举，能开个风气。

《告别》词写得情真意切，是告别者的心声，发自肺腑，带着体温，它本身就是一篇好的随笔。这里摘录几段，谅伟经先生不会见怪。

"我深感幸运，在《随笔》编辑岗位上心甘情愿地'为他人做嫁'，在颇长的岁月里充当一名'裁缝'。总算做了点事。没有遗憾，没有失落，没有动摇与彷徨；有的是感激，有的是甜咸辣苦酸腥涩，有的是不安、焦虑和内疚。"

"我不会忘记《随笔》的许多读者、作者……是他们，也正是他们，给了我以安于'寂寞'，竭力当好'裁缝'的勇气、智慧、信心与力量。"

"只是每忆及自己怯懦、无能或忍心，经我之手'毙'掉的那些应发而没有发的佳作，'砍'去的那些未面世的精妙言论，我内心就禁不住感到不宁和莫大歉疚。"

"没有思维的自由驰骋，不会有真正的创造；没有忘却过去，正是为了更好地面向未来。世事如此，文学也当不例外。"

"铁打的营盘流水的兵"。刊物虽非铁打，但调兵换将亦属正常。伟经离去，《随笔》仍存。愿这本有自己的风骨、自己的品格，不趋时、不媚俗的刊物，一如既往，保持自己的特色，而且越办越好。

【选自谢云著《正确的空话》辽宁画报出版社 2001年版】

书缝偶窥

预　　见

几条史料：

战国时吴越交兵，越败，越王勾践卧薪尝胆，以图报仇雪耻。伍子胥一再谏诫吴王夫差，以为越乃吴国"腹心之疾"，应该时刻提防。夫差不听，反而借了许多粮食给越国。于是伍子胥说："王不听谏，后三年吴其墟乎！"终于被夫差责令自杀。子胥死前，说："必取吾眼置吴东门，以观越兵入也。"几年以后，越灭吴，子胥之言，不幸而中。

秦二世时，赵高弄权，并进而欲杀二世，令其婿阎乐率兵攻入二世所居望夷宫。二世左右惊慌失措，不战而散，只有一个宦者跟着他，不肯离开。二世谓曰："公何不早告我，乃至于此！"宦者曰："臣不敢言，故得全。使臣早言，皆已诛，安得至今！"

唐安史之乱，玄宗皇帝弃京出走，一路上狼

狈不堪。有老父郭从谨进言曰："野草之臣，必知有今日久矣，但九重严邃，区区之心无路上达。事不至此，臣何由得睹陛下乎!?"

三件事，都关系到国家兴亡，君主个人自身的安危。主要当事者懵懵懂懂，如在睡梦中，一旦事变发生，则以为晴日惊雷自天而降。而一位大臣，一位近侍，一位草莽却早有预见。但三位有预见者，一个是及时进言而身死，一个是因不敢言而未言，一个是无路上达而不得言，终于是无补于事。这在封建王权专制条件下，大概是难以避免的吧!

夫差在国亡身死之前，曾有所悔恨，说："吾无面目以见子胥也。"玄宗也做了自我批评："此朕之不明，悔无所及。"算是有所觉悟。但如果他们能重新掌权，是否就真的能不再拒谏饰非，从此耳聪目明呢？怕也不见得，因为有那个使他们陷于暗昧而难于自拔的制度在。

碰　硬

几年以前，"碰硬"一词，曾屡见于报章。意思是贪赃枉法，巧取豪夺之徒，往往有所凭借，是谓之"硬"；而执法者要不畏权势，敢于"碰"之，是谓"碰硬"。人民见之信誓旦旦，气势颇盛，寄厚望焉！弹指间，已是几度春秋。被碰倒者虽不乏人，但歪风邪气，似有增无已，正邪相碰，谁为更硬者，颇难言之。

明人支大伦《示儿》，曾以五"硬"字诫之，其词曰，"丈夫遇权门须脚硬，在谏垣须口硬，入史局须手硬，值肤受之愬须心硬，浸润之譖须耳硬。"作为一个封建社会的官吏，其言硬铮铮，响当当，今日听来，也觉掷地有声。俗语：打铁须得自身硬。如果自身就是一团泥巴，怎碰得硬？

近来"碰硬"之词复出，心以为喜。但因勇于"碰硬"而自己反被碰得头破血流之事，亦多有所闻，不免喜中有忧。那么出路何在？似乎可以倚仗比被碰者更硬的人的支持。但这又不免是小清官靠大清官，大清官靠更大的清官，依然摆脱不了清官政治的轨道。

近年来人们寄希望于立法，也确乎立了不少的法。但有法不依，违法不究，以言代法，执法者违法枉法之事，屡见不鲜。看来，法的尊严也需要一种力量来维护，才不致变成一纸空文。那么，"护法神"应该到哪里去找呢？

笔底工夫

清梁绍壬《两般秋雨盦随笔》卷三《笔底工

夫》："宋胡旦少有俊才……晚年目疾闲居，一日史馆共议作一贵侯传，其人少贱屠豕，以为讳之非实录，书之难措词。问旦，旦曰'何不云某少常操刀以割，以示宰天下之志？'闻者叹服。"胡公一语，硬是把一个普通的杀猪匠，变成了志在宰割天下的有为青年，真该叹服！

如此"笔底工夫"，我们的祖宗相当圆熟。朱棣明明是举兵造反，夺取建文帝的皇位，却说成是"靖难"；慈禧因八国联军的入侵而仓皇出逃，却要说成是"西狩"；即使到了今天，仍不断有所创造，如把"失业"称之为"待业"，就是一例。舒芜先生曾以此作打油诗："失业洲洲有，何如'待'业新？发明一个字，顿觉四时春！"有人以为意在讽刺，作者自称实属歌颂。诗无达诂，见仁见智，读者不妨自己去体味。

近日读报，见"失业"一词已上了版面。"笔底工夫"，逐渐失去魅力和市场，我看这是好事。

英国政府败诉

据《人民日报》及香港《新晚报》：英国政府禁止《抓间谍》一书在英国印刷、发行和报纸转载一案，经过长达三年的法律程序，10月13日以政府败诉结束。被英国政府控告的《卫报》等报刊，可以发表《抓间谍》一书的摘要。英国政府为打这场官司，花去成百万英镑的诉讼费。结果如此，真是赔了夫人又折兵。

此案审判情况，原告和被告两方的理由，以及法院判决的依据，吾人不知其详。判得是否合理，更无权置喙。但政府要禁止报刊转载某一篇文字，须得诉诸法院，并听凭法院裁决，实在是开了眼界。

联想起我们曾有过的情况：单凭某一有地位、有权力者的一句话，即可置一本书、一篇文章、一家报刊、一部电影、一出戏剧于死地；有时又可凭某一地位更高、权力更大者的一句话，使其起死回生，对于何为法治，何为人治，似乎明白了许多。

梁启超为"五大臣"捉刀

《梁启超年谱长编》：1906 年 6 月，清政府派出考察政治的五大臣分两批回到北京。七月初九日（8 月 28 日），清政府特召开御前会议，通过了实际上是由先生起草的《考察各国政治报告》。

清政府派五大臣出国考察政治，而"考察报告"却实际上是由流亡日本的"乱臣贼子"、根本未参加考察的梁启超起草的，实在是咄咄怪事。

此事经过，陶菊隐《北洋军阀统治时期史话》中有较详细的记载。原来五大臣随员中有个有新党嫌疑的熊希龄，他深知五大臣一定考察不出个名堂来，便建议预先请他的同乡老友杨度写一篇《东西各国宪政之比较》，作为将来奏报清廷的"考察"材料，五大臣欣然同意，于是熊东渡日本，找到杨度，向他说："五大臣做你的躯壳，你替他们装进一道灵魂，这是两得其所的事情。当他们在轮船上看海鸥，在外国看跑马和赛狗的时候，就是你摇笔行文的时候。你的卷子必须在他们回国的时候交到。"

杨度接受了这个任务，但自知对各国宪政亦欠精通，便又转而求教于梁启超。梁也乐于利用这个"借尸还魂"的机会，并不推辞。五大臣在国外转悠了半年，回到上海，但杨度的文稿还没有到，于是便以"考察东南民气，并征求名流意见"为借口，暂留上海饮酒看花，同时派人去日本催稿，终于带回梁启超的《东西各国宪政之比较》和杨度写的两篇文章。这样，梁启超的文稿便成了五大臣考察报告的蓝本，演出了一场滑稽戏。

五大臣此举，大概算是既聪明又笨拙。聪明的是考察尚未开始，考察报告便已有了着落，一路上可以安心于酒食征逐，游山玩水，笨拙的是毕竟事情做得有些过分，万一露出馅儿来，怕也够受的。所以今天某些出国考察而又懒得自动脑筋，自摇笔杆的官员，总要把预定的捉刀人纳入考察团之内，把事情做得天衣无缝。这也许算是一个进步。

从喊"万岁"说起

读到两条有关高级知识分子喊"万岁"的心路历程的文字。一条是季羡林先生的，一条是吴晗的。

季先生曾在德国留学十年，1949 年前三年回国。1949 年初期，眼见万象更新，衷心拥护共产党。他说，最初，不管多么兴奋，"'万岁'却是喊不惯，喊不出来的。但是，大概因为我在这方面智商特高，过了没有多久，我就喊得高昂，热情，仿佛是发自灵魂深处的最强音。我完全拜倒在领袖的脚下了。"（见《牛棚杂忆》215 页）

吴晗的材料，见于他的一篇"自传"，他说："在国统区生活的日子里，对以党治国，独裁专政，万岁百岁极端厌恶，听了恶心。初到解放区，听到专政，拥护共产党，毛主席万岁，心里很不习惯，以为好是好，何必搞这套形式……经过学习，我用自己眼见的亲身的感受，纠正了自己的错误。不多日子以后我从心坎里喊出毛主席万岁了，衷心拥护人民民主专政了……"（见《吴晗自传书信文集》16 页）

我想，这两位学人所述，当是可信的。他们对于喊"万岁"都经历了从不习惯甚至有点反感到习惯的过程。这说明了当年共产党威信之高，确实引得无数知识分子竞折腰。同时也说明"从众"、"趋众"力量的强大，在万众齐呼"万岁"，其声盈耳的氛围里，一个人要特立独行，三缄其口，其难可知。同时我还想到，世界上有些事的是非，是由其本身决定的，并不因对象的不同而异。例如，标志着个人崇拜和封建遗毒的"喊万岁"，不论是对着皇帝喊，对着不同的人喊，人们的心理状态各有不同，但其为不当则并无二致。所谓有正确的个人崇拜与不正确的个人崇拜之分云云，是站不住脚的。

【选自谢云著《正确的空话》辽宁画报出版社 2001年版】

零思碎想

不以异为非

活了七十五岁，经历了许多理论、政治、思想斗争，悟出一句话：不盲目以异为非、以异为敌者，始可与言真理。

任何一个人的手里，都不可能全是真理。世界上的真理，更不可能都集中在一个人的手里。读不尽者天下之书，见不遍者天下之事，参不透者天下之理。己未必是，异未必非。见异即怒，见异必伐，结果可能是拒绝了真理。而如果大权在握，则会扼杀真理（尽管只能是一时的，因为真理不可能被任何人所杀死），危害事业，造成悲剧（别人的以及自己的）。

一个真诚追求真理的人，对异己的理论、思想、见解，首先得认真了解、倾听；然后加以研究，分析，比较；再视情况分别采取接受、汲取、拒绝、批评的态度（包括汲取其可取者，拒绝其不可取者、批评其谬误者）。而且，这过程将反复进行，并不能一次完成。

天假以年，当以此律己、观人。

关于左撇子

那年去美国探亲，在办理入关手续时，发现那工作人员是个左撇子，但他写字熟练自如，多少有点新奇。一次去女儿所在学校图书馆借书，给我办手续的竟也是一个左撇子。其后，陆续发现了更多的左撇子。于是得出结论：美国人左撇子多。我还自作聪明，对这种现象进行解释：大概这与人种有关，同时因为英文是自左向右书写的，对于左撇子不构成障碍。

最近读一篇文章，说到中国人天生的左撇子也并不少，只是大人们认为左撇子不正常，所以从小就千方百计地加以纠正。于是经过一个痛苦的过程，终于"后天"纠正了"先天"，左撇子便极其少见了。想想事实，确实如此。

我不知道从科学上讲，究竟是左撇子与非左撇子是否有什么优劣之分，但就我在美国见到的，在工作效率上似乎并无差异。此外，在乒乓球运动中，左手握拍而技术高超成绩优异者，也不罕见。那么，为什么美国人对左撇子采取听其自然的态度，而我们却很不宽容，非加以纠正不可呢（即使要经历一个艰难甚至痛苦的过程）？

我想这大概与我们中国人习惯于一律，喜欢整齐划一，容不得特殊和异端，以及从众观念有关。在很长一段时间内，女人曾经一律要"三寸金莲"，谁要是天足便不容于社会；男人头顶上一定要有根辫子，否则脑袋便难保。后来一律是中山装、列宁服，一律是灰色蓝色或草绿色。头发只许多长，裤腿只能多宽。违者轻则遭讥笑受歧视，重则挨批判，甚至被处罚。于是我们只有千篇一律，而失去了多样化。谢天谢地，改革开放以来，在日常生活方面出现了宽松和容忍，于是有了多姿多彩。

对于左撇子这种天生的现象，是采取宽容和听其自然的态度，还是不惜代价去加以纠正？此事虽小，可以喻大。

话不怕多，要在无物

读杨钧《草堂之灵》，有《王诫》一篇："张之洞、袁世凯招余伯兄晳子出山。伯兄询湘绮以入世法，湘绮云：'多见客，少说话'。及窥湘绮接物，又口如悬河，似与前论不合。始知少说话者，乃少作有边际之言，勿太切利害，即明哲保身之说，非枯坐如木偶也。"杨钧字重子，与其兄杨度（皙子）同受业于王湘绮，所记当可信。

记得清代大官僚王文韶说过，做官之道在于"多碰头，少说话"。王湘绮则教弟子"多见客，少说话"，其意相似但较为积极。杨钧经过仔细观察，终于悟出"少说话，乃少作有边际之言，勿太切利害"，与"口若悬河"并不矛盾，真悟道之言也。

鲁迅常用"今天天气，哈哈哈……"来讽刺中国人说话的爱不作边际，王湘绮满腹经纶，其谈吐当不致如此无味。但无论"今天天气"，或王氏的谈天说地，用于今天怕都已不尽合时宜。官场上真干事、干实事的，自然言之有物，语必有新意。而官混子则必句句不离领导人说过的话，字字文件和社论。但对解决实际问题，涉及利害问题，则对不起，恕无可奉告。看来，时代虽不同，"少作有边际之言，勿太切利害"的官场要诀，在某些人那里却一仍旧惯，变的只是那具体话语而已。

"禁止游泳"

常去附近的公园转转。这公园有很大一片水面，沿岸立了好几个牌子，上面大书"禁止游泳！"有的牌子上还写着水深、有水草、易出危险等字样。然而每次都看到有不少人就在这"禁止游泳"的警示牌的下面或旁边欢快的在水里畅游。甚至在严冬，也有人自行破开一块约四十平方米的冰面，在里面冬泳。我问过几位游泳者："这里不是不让游泳吗？"得到的通常是："没人管的！""那为什么要立那块牌子呢？"对这一问，回答就不尽一致了："做做样子的！""给上级来检查时看的！""大概是为了万一淹死了人，公园可以不负责任吧？"

在"禁止游泳"的地方许多人在随便游泳，可算是一幅幽默画。纵目神州大地，有令不行，有禁不止，类似的幽默画所在多有，上述云云，灰尘一粒而已。这样一想，就幽默不起来，而是感到十分沉重了。

弱者？祸水？

不止一次在电视新闻上看到这样的画面：某些娱乐场所或其他服务性场所，被公安机关发现有色情活动，于是一串年轻的姑娘们（通常称之为"三陪小姐"）出现了。或者被排成一横列，或者成一路纵队被带到什么地方去。此时姑娘们大多低垂着脑袋，或者以手掩面，以示不愿被人看清其面目。

看的次数多了，不免产生出一些疑问来：其一、所谓色情活动，总得有两性才成，为什么出现在画面上的往往只是清一色的为人"服务"的女性，而极少见到接受她们"服务"的男性？须知有些报道明明说是现场抓获的。其二、这些色情场所，总该有其所有者或主管者吧，何以在被抓获的人中也极少见到此类人物的身影？按理说，那些接受"服务"的男性以及拥有、掌管这些场所的人，其应负的社会责任至少不比那些小姐们轻吧，何以要让他们隐去呢？

不明究竟，不敢下断语。但猜想起来，大概不外两个原因：或者仍然以为女人是"祸水"，应予曝光以示严肃和严惩；或者因为比之有权有钱有势的接受"服务"的男性以及色情场所的所有者，这些年轻女子只是弱者，自然，也可能在某些人心中，两者兼而有之。

我不知道从法律上、社会心理学上、从人道主义角度讲，这种曝光法该如何评价。我确切知道的是：那种只曝光小姐而另两类人物隐而不显，是一种不公。

救救第一把手

近几年来，各级党政第一把手因为腐败而受

到法律惩处的越来越多了。这使我想到：一把手这个位置，正在成为一个危险的位置。之所以危险，主要在于占有这个位置的人手里的权力太大。

粉碎"四人帮"以后，邓小平曾根据我们党的历史教训，严肃地指出过权力过分集中的危害。他说"权力过分集中"，"使我们付出了沉重的代价，现在再也不能不解决了"。如果说，过去权力过分集中会造成工作的严重失误，那么在今天的形势下，权力过分集中容易使第一把手处于危险的境地。

一个人要坐上党政第一把手的交椅，总该是个人才，并经过长期培养和本人的努力，有了一定的领导能力。如果几年工夫就沦为阶下囚，对事业是损失，对本人是悲剧。所以我呼吁：救救第一把手。

要使第一把手的位置不再那么危险，最重要的是改变权力过分集中现象，建立起一套适当分权，以权力制衡权力的制度，以及真正开放舆论监督，保证人民充分享有宪法赋予的各种权利……

同胞意识

常常在媒体上听到或看到这样的称谓："外地人"、"外地来京无业人员"，在提到他们时多半与不卫生、不文明甚至犯罪联系在一起。在日常生活中，人们谈起外地人时，也常带着轻蔑甚至厌恶的口气。我觉得这是一种很不好的现象。

较起真来，在首都的居民中，究竟有几个不是外地人？自认为北京人或被称为北京人的，其实很多也是从外地来的，不过来得早点而已。

平心而论，现在被称为"外地人"的人们，固然给首都带来一些问题，但他们对首都建设的贡献也功不可没。试想：如果一旦外地人都走了，首都的建设将会受到怎样的影响，首都人民的生活将会产生怎样的困难?!

所谓外地人，说透了就是指那些提着行李卷儿，干着脏活、重活，苦活的农民，对于衣冠楚楚腰缠百万的外地人，媒体似乎总是忘记了他们的"外地人"身分。中国的农民一向安土重迁，现在他们却抛夫（妇）别子，背井离乡，千里迢迢，涌向城市，涌向首都。他们这样做，无非是因为在农村谋生较难，属于无可奈何之举。但他们此举，无论对城市，对农村，以及对于农民自身和整个社会的进步，却是有益的。他们身上的某些缺点，是与历史条件和现实环境紧密联系的，我们对此应该采取理解、同情和帮助的态度（当然，犯了罪应该依法处理，那是另一回事）。

城里人轻视、歧视乡下人，由来已久，这是

历史留给我们的一份不光彩的遗产。难道我们还要继承下去吗？

十二亿多中国人，不分民族，不分城乡，不分贫富，都是我们共和国的平等的一分子，都是我们亲爱的同胞。人们在某些利益问题上会有矛盾，在某些认识问题上会有差异，但这种"同胞"关系和"同胞"观念，能把我们紧密地团结在一起。

让我们努力加强这种"同胞"意识吧！

【选自谢云著《正确的空话》辽宁画报出版社 2001年版】